KB121164

로크미디어가
유혹하는
재미있는 세상
ROK
MEDIA
로크미디어

이것이 삶이다

이것이 법이다 124

2021년 11월 4일 초판 1쇄 인쇄
2021년 11월 9일 초판 1쇄 발행

지은이 자카예프
발행인 김정수 강준규

기획 이기헌 왕소현 박경무 강민구
책임편집 최전경
마케팅지원 배진경 임혜솔 송지유 이영선

발행처 (주)로크미디어
출판등록 2003년 3월 24일
주소 서울시 마포구 성암로 330 DMC첨단산업센터 318호
Tel (02)3273-5135 **편집** 070-7863-8592 **Fax** (02)3273-5134
홈페이지 rokmedia.com **E-mail** rokmedia@empas.com

값 8,000원

ISBN 979-11-354-8927-3 (124권)
ISBN 979-11-255-9575-5 04810 (세트)

자카예프 장편소설

이 소설은 픽션입니다.
등장하는 인물 및 지명 등은 현실과 연관이 없습니다.
또한 소설 내에 나오는 법이나 법리 해석의 경우에도 대중문학의 극적 전개를 위하여 일부분 과장되거나 변형된 것이 존재하니 실제 법과 혼동하지 않으시길 바랍니다.

CONTENTS

매드맥스, 분노의 국경선

“자네, 농담하나?”

김성식은 노형진의 말에 깜짝 놀랐다.

노형진의 계획은 그의 상상을 초월했기 때문이다.

“때로는 그 지역에 맞는 해결책을 만들어야지요. 그리고 지금 같은 상황에서는, 방법은 하나뿐이네요.”

“그렇다고 폭력 조직을 만들자고?”

“네. 못 할 건 없죠.”

노형진의 계획은 간단했다.

이 지역에 폭력 조직을 만들겠다는 거다.

“어차피 이쪽은 법으로 뭘 할 수 있는 상황이 아니지 않습니까?”

"그건 그런데……."

당장 법을 집행해야 하는 공안이 완전히 썩어 버린 상황이다.

중국의 부패는 하루 이틀 문제가 아니다.

당연히 중앙에서의 통제에서 멀어지면 그 부패는 심해질 수밖에 없다.

현실적으로 북한과 근접한 이곳이 부패하지 않으면 그게 이상한 거다.

"그러니 법으로 안된다면 다른 방법을 찾아야지요."

"으음……."

김성식은 상당히 불편한 표정이 되었다.

변호사로서 그리고 검사 출신으로서 폭력 조직을 키운다는 건 생각도 못 할 일이기 때문이다.

물론 한만우같이 양지로 나오는 조직폭력배가 없는 것은 아니나 어찌 되었건 양지로 나온다는 것은 폭력 조직으로서의 모습을 버린다는 걸 의미한다.

그런데 중국의 조직은 그것도 아니다.

거기다가 한국의 폭력 조직은 어지간히 악질이 아니면 인신매매나 살인을 배제하는 데 반해서 중국의 조직은 가장 기본적인 범죄가 그 정도일 정도로 최악이다.

그런 조직을 다른 사람도 아닌 노형진이 키운다니 당연히 놀랄 수밖에 없었다.

하지만 노형진 역시 할 말이 있었다.

"어차피 한국의 조직도 아닙니다. 그들이 이 지역을 통제해서 탈북하는 북한 주민들을 구할 수만 있다면 저는 기꺼이 할 겁니다."

노형진의 말에 김성식은 긴 한숨을 내쉬었다.

말도 안 되는 소리 같지만 노형진은 그게 가능한 사람이다.

그리고 오랜 법률 경험을 가진 김성식조차도 이번 상황에 대해 달리 해결할 수 있는 방법이 없었다.

"중국인들의 습성을 생각하면 더더욱 그러겠지."

물론 정치인들에게 돈을 더 많이 준다면 당분간은 그들이 인신매매범이나 납치범들에 대해 조사하고 박멸하려고 하는 것처럼 보일 것이다.

"하지만 보이기만 하겠지요."

아마도 범죄 조직들에 잠시 피해 있으라고 한 후에 노형진과 새론에서는 돈을 받아 챙기기만 하고 실제로 박멸하려고는 하지 않을 것이다.

그러다가 좀 잠잠해지면 다시 들어오라고 하고, 그 후에 노형진을 협박할 가능성이 더 크다.

범죄 조직이 더 생긴 것 같으니 그들을 박멸하는 데 돈이 더 필요하다고 말이다.

섣부른 가정이 아니다.

베트남이 그렇게 망했다.

미군이 베트남군에게 온갖 전투 물자를 공급하면 베트남

군은 그걸 북베트남에 팔아먹었는데, 그 행위는 다시 그들의 목을 조여 왔다.

돈이라는 게 그런 거다.

“설사 그렇게까지는 하지 않는다고 해도 돈에 환장하는 중국인의 습성을 생각하면 요구 금액은 갈수록 커질 겁니다.”

일단 탈북민들이 돈이 된다는 걸 안 이상 탈북민들의 안전을 핑계 삼아서 더더욱 많은 돈을 요구할 거다.

“하지만 그럴 때 내치지 못하는 게 문제군.”

김성식도 문제가 뭔지 바로 알아차렸다.

그들은 정부이고 이 지역의 권력자들이다.

갈수록 요구하는 돈이 점점 많아질 테고, 결국 나중에 가서는 인질극과 비슷한 짓까지 할 가능성이 높다.

“국가조직을 내친다는 건 불가능하니까요.”

결국 둘 중 하나다.

돈을 더 주든가, 아니면 관계를 끊든가.

“그러면 그 이후는 뻔하죠.”

줘야 하는 돈은 끝도 없이 늘어날 테고, 그렇다고 관계를 끊어 버리면 권력자들은 그 돈을 메꾸기 위해 혈안이 될 것이다.

“그리고 그걸 메꿀 만한 건 결국 인신매매 집단과 손잡는 것뿐이죠.”

그에 반해 폭력 조직은 그냥 내치면 그만이다.

돈을 끊어도 되고, 공안을 이용해서 밀어내도 되며, 적대 조직을 지원해서 그들을 정리해도 된다.

"불법적인 조직이니 그 이후에 어떻게 되든 상관없으니까요."

여차하면 정리하려면 차라리 폭력 조직이 낫다.

"더군다나 우리가 하는 일은 애초에 불법입니다."

한국에서야 합법일지 모르지만 중국은 북한을 국가로 인정하고 있고 당연히 탈북 주민은 밀입국을 한 사람들이 된다.

"탈북민은 계속 나올 겁니다. 북한이 사라지지 않는 이상은요. 그런데 언제까지 그들에게 돈을 줘야 할까요?"

그러다가 정권이 바뀌면? 권력자가 바뀌면?

변수는 많다.

"하지만 한 지역에 토호 세력을 세워 두면 생각보다 도움이 많이 되지요."

땅덩어리가 작은 한국조차도 토호 세력을 발본색원하지 못하고 있다.

그들이 집단 강간하거나 살인하거나 사람을 납치해서 노예로 삼아도, 그 지역의 경찰들은 그들과 손잡고 사건을 은닉하는 데 앞장선다.

"한국도 그런데 중국이라고 다를까요?"

한국보다 더하면 더했지 결코 덜하지는 않을 것이다.

"그들을 이용해서 이 지역을 정리하고 우리가 관리하는 쪽으로 운영하는 게 맞다고 생각합니다."

노형진의 말에 김성식은 진지한 표정이 되었다.

"검사 입장에서 말하자면 말이야, 말도 안 되는 개소리라고 하고 싶네. 하지만 현실적인 면에서는 자네 말이 맞네."

경찰도 정보원을 심어 두고 그들의 자잘한 범죄는 눈감아 주는 조건으로 큰 사건들의 정보를 캐낸다.

그게 스케일이 좀 많이 커진 것뿐이다.

정부에서도 내부에서 폭력 조직을 관리하자는 소리가 안 나온 게 아니다.

다만 법리적으로 말이 안 되고 정부가 그런 짓을 한다는 것에 대해 반감이 강하기 때문에 드러내서 관리하지 못할 뿐.

그렇다고 해서 성공 기록이 없느냐?

그것도 아니다.

당장 노형진은 한만우의 조직을 양성화했고, 그 아래로 여러 조직들이 흡수될 수 있도록 만들었다.

물론 양성화된 조직은 폭력 조직이라 할 수 없지만 거기에 적응하지 못한 놈들도 있기 마련이라, 한만우는 그들을 통제해서 치안 보조를 맡기고 있다.

결과적으로 그들을 통제함으로써 우후죽순 생기던 자잘한 폭력 조직에 대한 통제가 시작되었다.

한 지역을 꽉 잡고 있는 그들에게 작은 폭력 조직에 대한 정보가 들어오면 경찰에 그들이 자발적으로 신고하기 시작한 것이다.

이유는 간단하다.

그들이 성장하면 그 지역의 이권을 나눠야 하니까.

다른 사람들은 보복이 무서워서라도 신고를 못 한다.

경찰이 스물네 시간 그들을 감시하거나 커버할 수는 없으니까.

그러나 한만우의 조직은 그런 걸 신경 쓰지 않는다.

그들이 불법적으로 공격하면 역으로 담가 버릴 만한 능력이 있으니까.

"하지만 그게 쉽지는 않을 텐데. 일단 중국에는 삼합회가 있지 않나?"

"삼합회가 하나의 조직인 건 아니지 않습니까? 결국 모임입니다. 이쪽에서 규모를 키우면 그쪽에서도 받아 줄 겁니다."

사람들의 생각과 다르게 삼합회는 하나의 조폭이 아니다.

사실 그 정도 되는 규모의 조직이 있으면 이미 중국에서 군대를 동원해서 제압했을 것이다.

"하긴, 삼합회는 일종의 모임이니까."

그건 일본의 야쿠자도, 이탈리아의 마피아도 마찬가지다.

전 세계에는 여러 가지 종류의 폭력 조직이 있지만 그들은 모두 개별적인 형태로 운영되지 하나의 조직으로 운영될 수는 없다.

"즉, 여기서 새로운 조직이 생긴다고 해도 결국 그걸 막아 주지는 않는다는 겁니다."

물론 친한 조직이 그들을 도와줄 수도 있다.

“그러면 그들의 조직도 밟아 버리면 그만이고요.”

“자네, 무섭군.”

“무서운 게 아니라 그 정도는 충분히 가능하다는 거죠.”

가능하다 정도가 아니라 원한다면 그들을 무장시켜서 내란을 선동할 수도 있다.

다만 그럴 생각이 없을 뿐이다.

“하지만 그럴 만한 조직이 있을까? 자네도 알지 않나? 이 작전의 조건을 말이야.”

이 작전의 조건은 간단하다.

최소한의 양심을 지키는 조직, 즉 납치나 인신매매 또는 마약 유통 등을 하지 않는 조직에 힘을 실어 주면 되는 거다.

문제는 중국에 그런 조직은 거의 없다는 것이다.

“처음부터 만들려면 쉽지 않을 텐데.”

“이럴 때 도움을 줄 만한 사람들이 많은 곳을 알지요, 후후후.”

노형진은 눈을 반짝거렸다.

러시아.

혹한의 나라이며 또한 미국에 대항하는 불곰의 나라.

하지만 현실은 녹록하지 않다.

러시아가 강한 모습을 보이려고 하고 있지만 그건 어디까지나 국가 단위에서의 모습이고, 국민들 개개인은 무척이나 힘들고 고달프다.

—미국에서 도널드 올드먼이 대통령으로 취임하면서 국제 정세는 혼란 속으로 가라앉고 있습니다. 도널드 올드먼은 강한 미국을 주장하면서……. 그로 인해 전통 정치인들 사이에서는 분열이…….

새해가 시작되었다고 해서 바로 봄이 오는 건 아니다.

노형진은 서늘한 방 안에서 창밖을 바라보고 있었다.

그때 방 안으로 들어오는 한 남자.

"미스터 노, 반갑습니다."

"어서 오십시오, 세르게이."

"날씨가 춥지요?"

"제법 쌀쌀하네요."

확실히 러시아는 추운 동네다.

더군다나 난방을 위해 여전히 히터나 스팀을 쓰고 있기 때문에 한국의 온돌에 비해 방 안이 서늘했다.

"어릴 적에 한국에 간 적이 있지요. 그곳에서 온돌이라는 걸 처음 봤습니다. 놀랍더군요. 춥기는 러시아만큼 추운데 방 안이 그렇게 따뜻하다니."

"한국 사람들이 머리가 좋지요."

"그런 것 같네요. 덕분에 저도 나이 먹고 집을 사고 나서 바로 보일러로 난방을 바꿨죠. 그래서 그런지 이런 곳에 오면 엄청 추운 것 같다니까요, 하하하."

웃으면서 자리에 앉는 세르게이.

"그나저나 미스터 노, 이야기는 들었습니다. 중국에서 활동할 사람들이 필요하다고요?"

세르게이는 러시아에 있는 레드마피아의 중간에서 일하는 사람이다.

러시아의 레드마피아는 거칠기로 소문이 나 있고, 그 때문에 섣불리 접촉하는 건 위험했다.

하지만 그만큼 정보력 또한 있기에 그들은 노형진이 만나고자 하자 기꺼이 자리를 마련한 것이다.

"그렇습니다. 레드마피아에도 중국인들이 많다고 알고 있는데요?"

"마피아의 정예 멤버는 아닙니다. 뭐…… 그냥 허드렛일 하는 거죠."

"그것도 알고 있습니다."

말이 허드렛일이지 사실상 노예나 마찬가지다.

러시아는 강대국을 주장하고 있지만 그렇다고 해서 국민들이 문명화된 나라는 아니다.

말 그대로 나라만 강대국일 뿐이고 아직까지 선진화된 국

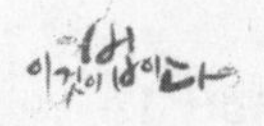

민 의식은 없다.

애초에 소련이 무너지며 나온 나라인지라 출신 자체가 공산국가이고 말이다.

더군다나 러시아는 전 세계에서 가장 인종차별이 심한 나라 중 하나다.

한국은 인종을 가지고 놀릴지언정 생명의 위협은 없지만 러시아는 아니다.

실제로 러시아인 모자가 한국에 망명했는데 이유가 생존이 걸려 있기 때문이었다.

러시아 여성이 흑인 남성과 결혼했는데 흑인 남성은 누군가에게 살해당했고 경찰은 범인을 잡지 못했다.

그저 인종차별 범죄라고 추측할 뿐이었다.

그리고 그 여자와 자녀에게 살인 위협이 날아왔다.

흑인과 붙어먹은 더러운 년은 죽이겠다면서.

러시아인인 그녀가 그 지경인데 혼혈인 아이야 당연히 살해 대상일 수밖에 없었고, 그래서 그녀는 아들을 데리고 한국으로 망명해 왔다.

그처럼 인종차별이 심한 나라에서 과연 중국인들을 레드 마피아의 일원으로 받아 줄까?

'그럴 리가 없지.'

일부 그쪽 출신이 없는 것은 아니나 사실상 허드렛일하는 노예라고 봐야 할 정도로 무시받고 있다.

"그런 사람들이 제법 많을 텐데요."

"그렇기는 하지요."

그런 인간들은 보통 중국에서 조폭을 하던 자들이다.

그러다 속한 파벌이 패한 후에 러시아로 도망친 경우가 대부분이었다.

중국에 남아 있으면 거의 100% 장기가 털리는 게 현실이니 차라리 러시아로 도망치는 것이다.

문제는 그런다고 해서 그들의 인생이 바뀌는 건 아니라는 거다.

아무래도 일반적인 중국인들은 학력이 그리 좋은 편이라고 보기는 힘들다. 그중에서도 폭력 조직에 들어갔다면, 더더욱 좋으리라 보기 힘들다.

당연히 할 줄 아는 건 그런 폭력배 생활밖에 없고, 그래서 러시아에 와서도 달리 할 수 있는 것이 없다.

평범하게 일하자니 인종차별을 받는다.

관광객처럼 돈이 있는 것도 아니라서 보호도 못 받는 데다가, 상당수가 몰래 오는 놈들인지라 당연히 법적인 보호도 불가능하다.

"그런 사람들을 데리고 가서 뭘 좀 시키고 싶은데요."

"얼마나 필요하십니까?"

"얼마나 있는데요?"

"필요하신 만큼요."

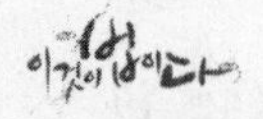

세르게이는 느긋하게 소파에 기대어 말했다.

"돈만 주신다면 충분히 구해 드릴 수 있습니다. 중국에서 러시아로 넘어오는 놈들이 생각보다 많거든요."

"그래요? 의외군요."

"돈이 없으니까요."

빚을 진 놈들이나 지역의 권력 싸움에서 패한 사람들.

그들은 모두 하나같이 러시아로 대피해 왔다.

"한국이나 일본으로 가서 살 수는 없으니까요."

워낙 물가 차이가 심하다 보니까 그쪽으로 가는 건 힘들다.

물론 일부 가는 이들도 있긴 한다.

"돈만 주면 가짜 신분증을 만드는 건 어려운 일이 아니니까요."

그렇게 도망친 놈들은 타향에서 고생하면서 온갖 무시를 당하며 살기 마련이다.

"그렇군요."

"그나저나 미스터 노, 제 입장에서 이런 질문은 조심스럽습니다만, 도대체 그놈들을 뭐에 쓰려고 하는 겁니까? 그놈들은 쓰레기입니다. 돼지만도 못해요."

세르게이는 딱히 인종차별을 감추려고 하지 않았다.

하긴 인종차별을 안 하는 조폭이라니, 그것도 웃긴 일이다.

인권을 따지는 사람이 조폭으로 활동할 리가 없다.

"사실은 어떤 지역을 정리하고 관리를 좀 하려고 합니다."

"관리요?"

"그렇습니다."

"흠…… 쉽지 않을 텐데요? 중국 놈들이 쓰레기인 것은 사실이지만 워낙 수적으로 많아서요."

"중국과 북한과 접촉하고 있는 쪽을 점거할까 생각 중입니다. 주로 두만강 쪽이 되겠지만, 여건이 된다면 더 늘릴 생각이고요."

"그쪽은 돈이 될 만한 게 없는데요?"

"인권의 문제죠."

"뭐, 그런 거라면 저는 상관없죠."

세르게이는 피식 웃으며 말했다.

"원하는 대로 보내 드리지요. 어떻게, 우리 쪽 애들도 보내 드릴까요?"

노형진은 씩 웃었다.

현실적으로 그들을 데리고 가서 조직을 세울 수야 있지만 이후의 항쟁은 피할 수가 없다.

그렇다면 이쪽에도 쓸 만한 사람이 있어야 한다.

그런 사람들을 어디서 구할까?

'당연히 러시아지.'

한국에서 데리고 올 수는 없고, 미국의 민간 군사 업체를 동원할 수도 없다.

'그렇다면 남는 건 러시아뿐.'

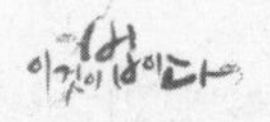

사실 러시아에는 레드마피아 소속의 병력이 어마어마하다.
그들이 어디서 왔을까?
대부분 러시아군의 제대자들이다.
과거에 소련이 해체되면서 강제로 세상으로 던져진 군인들이 모여서 만들어진 단체, 그게 러시아 레드마피아의 시작이었다.
'그게 아직도 이어지고 있고.'
군에서 제대한 사람 중 직장을 못 구한 사람들이 레드마피아에 많이 가입한다.
당연히 군에서 제대로 전투 훈련을 받은 사람들이다.
'그리고 중국에서 오래 활동할 수 있는 놈들도 아니고.'
즉, 내부에서 싸우고 러시아로 돌아가면 중국에서는 그들을 통제할 수 있는 방법이 없다.
항의?
애초에 중국과 러시아는 사이가 안 좋다.
같은 공산국가이기는 하지만, 한국과 일본 같은 사이랄까?
그런데 중국에서 뭐라고 한들 러시아가 신경이나 쓰겠는가?
즉, 단시간 용병으로 써서 한 지역을 정리하기에는 최고라는 거다.
"스페츠나츠 출신도 있습니까?"
"아주 잘 찾아오셨네?"
"제대로 된 출신으로 해 주시죠. 정보전보다는 특수전 쪽으로."

러시아의 스페츠나츠는 특수부대를 지칭한다.

스페츠나츠라는 존재는 특정 부대의 명칭이 아니라 러시아군 내에서 특수전을 담당하는 부대를 뜻한다.

한국으로 치면 특공대라는 개념에 가깝다.

특공 여단이나 특공 대대 아니면 특전사, UDT같이 정규전, 즉 전선을 만들고 공격하거나 방어하는 부대가 아닌 다른 부대를 특공대라고 하는데, 러시아의 스페츠나츠가 그런 의미다.

당연히 그들 중에는 정보전을 전문으로 하는 부대도 있다.

"그런 곳보다는 힘 좋고 깡 좋은 사람들, 그리고 입이 무거운 사람들이 필요합니다."

"얼마든지."

"그리고 무기는 소지하지 못합니다."

"응? 그건……."

"설마 러시아에서 중국이랑 전쟁을 일으키려는 건 아니죠?"

그랬다가는 진짜 난리가 난다.

더군다나 러시아인이 거기서 살인하면 거기서 죽을 수도 있다.

"방어구는 드립니다. 하지만 무기는 안 됩니다."

"그 새끼들은 그러면 어쩌려고요? 깨끗하게 정리하지 않으면 끝도 없습니다."

"걱정하지 마세요. 그 부분은 저희가 알아서 할 테니까요."

노형진은 미소를 지으며 답했다.

⚖

새해가 되고 얼마 지나지 않아서 노형진은 다시 중국으로 넘어갔다.

일단 러시아 쪽에서 조용히 넘겨 보낸 사람들을 확인하기 위해서였다.

그 숫자는 실로 어마어마했다.

"엄청 살벌하네."

중국인으로 보이는 인물이 2천 명, 러시아인으로 보이는 인물이 1천 명 정도다.

"이야기는 들었수다. 우리가 해야 하는 건 뭐요?"

시큰둥하게 말하는 남자.

의외의 한국어 실력에 노형진은 고개를 갸웃했다.

"한국어 잘하시네요."

"여기에 있는 대부분이 조선족이오."

"조선족? 아아."

노형진은 대충 상황이 이해가 갔다.

"지금 이 지역을 잡고 있는 조직이 중국계군요."

중국은 오래전부터 하나 된 중국을 추구해 왔다.

그리고 조선족은 일제강점기 이전부터 간도에 살던 사람들이다.

비록 전쟁이 터지고 그곳에 살던 사람들의 국적이 중국으로 바뀌었지만, 그렇다고 해서 그들이 조선의 핏줄이라는 사실까지 사라지는 것은 아니었다.

'그리고 그런 경우 중국은 보통 인종 지우기에 들어간다.'

당장 티베트만 하더라도 남자들은 죄다 포로수용소로 보내고 여자들은 강제로 한족과 결혼시킨다.

이미 티베트의 남자와 결혼한 경우에는 강제로 이혼시킨 후에 결혼시키기도 한다.

남편과 아이가 있다면 당연히 그들은 모두 포로수용소행이다.

물론 조선족은 그렇게까지는 하지 않지만, 그 지역에 알게 모르게 한족을 이주시켜서 점점 세력을 약화시키는 건 널리 알려진 사실이다.

'뭐, 상관없지. 어차피 이용할 거니까.'

그들이 조선족이든 한족이든 노형진은 상관없다.

사실 툭 까고 말하면 조선족 역시 중국인이지 한국인은 아니다.

그저 중국의 소수민족 중 하나일 뿐이다.

중국 내부에서 차별받고 있는 것은 사실이나, 중국과 한국이 전쟁한다면 그들은 중국을 위해 총을 들지 한국을 위해

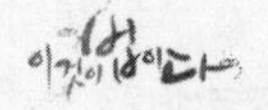

총을 들 사람들은 아니다.

"간단합니다. 여러분들은 이 지역의 폭력 조직들을 박멸하면 됩니다. 그 과정에서 여러분들은 이 지역을, 일종의 접수를 하면 됩니다."

"그걸 저 친구들이 도와준단 말이오?"

"그렇습니다."

아무리 중국의 폭력 조직이 잘났다고 해도 그들은 그저 깡패일 뿐이다.

제대로 전투 훈련을 받은 스페츠나츠 출신과는 비교할 수도 없다.

"그 과정에서 그들을 포섭해서 자신들의 세력권 안으로 넣는 것은 여러분들의 능력입니다. 물론 조건이 있습니다."

마약의 유통 금지, 갈취 금지, 인신매매 같은 행위 역시 금지.

그러자 몇몇은 불만스러운 표정이 되었다 사실 가장 짭짤하게 돈이 되는 건 그런 일들이니까.

"물론 저를 속여서 몰래 하는 분도 계실 겁니다. 뭐, 솔직히 말하면 한 20%는 몰래 할 거라고 생각합니다."

"그걸 참 당당하게 말하는군."

"하시려면 빨리 해 주세요, 저도 그분들 덕에 돈 좀 벌어 보게. 튼튼하신 분들이니 돈도 비싸게 나오겠지요."

그 말을 알아들은 사람들은 입을 다물었다.

만일 그런 짓을 하면 똑같이 장기를 빼 가겠다는 소리다.

"그러면 우리는 뭘 먹고 살란 말이오?"

"제가 이 지역에 적당한 기업들을 유치해 드리겠습니다. 직접 출근하셔도 되고, 가족 중 한 분을 넣으셔도 됩니다."

'이게 바로 일석이조지.'

만일 이들이나 이들의 가족 중 누군가 공장에서 일하게 된다면 그들은 이 지역의 치안에 신경을 쓸 수밖에 없게 된다.

직장을 잃기는 싫을 테니까.

'어차피 중국에서 세울 수 있는 공장은 많아.'

다만 현실적으로 이 북한과 밀접한 곳은 전문 공단이 아니기 때문에 해외 기업들이 들어오기를 꺼리는 것이 사실이다.

사실 북한과 접한 그쪽은 전형적인 중국의 농촌에 가깝다.

그렇다 보니 인프라가 없어서 투자하러 오는 사람도 없다.

"무슨 공장을 세우겠다는 거요? 여기에는 세울 만한 공장이 없는데."

"농수산물 가공 공장입니다."

"농수산물 가공 공장?"

"그렇습니다. 이 지역에서 나오는 농수산물은 모두 그 상태 그대로 다른 지역으로 팔려 나갑니다. 하지만 앞으로도 계속 그래야 한다는 법은 없지요."

당장 고구마, 감자를 직접 파는 것보다는 그걸로 과자를 만들어 파는 게 더 유리하다.

"그리고 아시다시피 중국은 워낙 가짜가 많습니다."

중국 정부는 가짜 음식을 파는 놈들을 족족 사형에 처하고 있지만 그래도 가짜 음식을 근절하지 못하고 있다.

"그런 곳에서 믿을 만한 가공 공장이 생긴다면 제법 잘될 겁니다. 판매량도 많을 테고요."

"음?"

"이곳에서 나오는 모든 물건은 미국과 한국의 수출 허가 기준으로 만들어서 팔 겁니다."

그렇게 되면 그쪽에서 요구하는 기준을 맞춰서 공장을 세워야 한다.

그리고 그 자체가 중국에서는 믿을 만한 요소 중 하나가 된다.

당장 중국에서 한글을 이용해 마치 한국 기업인 것처럼 행동하는 가게들이 그런 믿음을 악용하는 곳들이다.

"진짜 한국이나 미국에 팔지는 못한다고 해도, 최소한 그 자격을 획득한 것만으로도 중국에서는 상당한 가격이 책정될 수가 있지요. 그러기 위해서는 이 지역이 정리되어야 합니다."

'그리고 공장이 많아지면 인원도 많아지는 법이지.'

당연히 그 공장에 일부 탈북민들을 감춘다고 해도 중국 당국에서 뭐라고 할 수는 없다.

"흠……."

노형진의 말에 다들 진지하게 고민하는 눈치였다.

그들 입장에서는 저 아래 바닥 생활을 하다가 위로 올라갈 수 있는 기회가 온 것이니 나쁘지는 않다.

"하지만 그놈들을 죽이지 않으면 우리가 죽소."

중국의 폭력 조직은 평범한 폭력 조직이 아니다.

사람을 죽이고 장기를 내다 파는 놈들이다.

단순히 쫓아내기만 하면 추후 외부에서 사람을 끌어다가 이쪽 사람들을 죽일 수도 있다.

"그때까지 이 사람들이 있겠소?"

레드마피아는 이 일이 끝나면 여기를 떠날 것이다.

일종의 용병으로 온 거니까.

"그들이 다시 돌아올 가능성은 없습니다. 그러니 걱정하지 마십시오."

노형진은 빙긋 웃었다.

"다만 여러분들의 안전을 위해 준비한 건 좀 있습니다."

노형진이 뒤쪽으로 손짓하자 건장한 사내들이 다가왔다.

"중국 이야기는 많이 들었으니까요."

중국인들은 싸움이 나면 일단 칼부터 휘두르는 인간들이다.

한국에서도 그런 경우가 많지만, 이쪽은 더하면 더했지 결코 덜하지는 않다.

'만일의 사태에 대비도 해야 하고.'

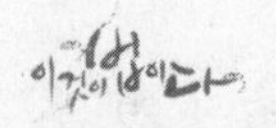

중국의 폭력 조직을 습격한 공안이 그들의 무기를 공개한 적이 있는데, 단순히 총이나 칼뿐만이 아니라 창과 청룡언월도 같은 황당한 무기들도 나왔다.

"이건 방검복과 방탄복입니다. 이걸 입고 싸우면 훨씬 안전할 겁니다."

"방검복? 방탄복? 고작 이걸로 싸우란 말이오? 이놈들이 고작 칼 들고 설칠 것 같소?"

'역시 그랬나?'

중국의 폭력 조직들은 자체적으로 무기를 생산해서 운영하고 있다.

소총에서부터 탄약까지 자체 생산하는 게 그들이다.

물론 중국 역시 주기적으로 생산 공장을 소탕하고 있지만 워낙 중국이 넓고 또 비밀리에 운영되는 데다가 지역의 공권력이 심하게 부패한 상황이라서 생각보다 쉽지 않은 게 사실이다.

어느 정도냐면, 중국의 시골의 경우는 사실상 폭력 조직이 권력을 잡고 통치하는 수준이다.

다만 브라질하고는 상황이 다른데, 브라질 같은 나라는 지방에서 도움을 요청해도 중앙정부가 해 줄 수 있는 것이 없는 곳인 반면, 중국은 지방정부가 중앙에 요청하면 그들을 쓸어버릴 수는 있지만 부패로 인해 사실상 불가능한 것이다.

"우리도 소총이라도 있어야 싸울 수 있다고!"

"걱정하지 마세요. 여러분들은 소총이 없어도 싸울 수 있으니까."

"뭐?"

"제가 심심해서 레드마피아를 데리고 온 게 아닙니다."

노형진은 레드마피아를 바라보며 물었다.

"얼마나 가지고 있나요?"

"정확하게 열 개다."

"많지는 않네요."

레드마피아 쪽 사람의 말에 노형진은 턱을 문질렀다.

"어쩔 수 없다. 장비 자체가 비싼 거야. 헬멧 하나만 해도 5만 달러야. 거기에다 방패까지 다 하면 가격은 어마어마해지지."

"하지만 쓸 수는 있지요?"

"충분하지."

"좋습니다. 그러면 일단 시작하지요."

중국 쪽 사람들은 눈을 찡그렸지만 레드마피아는 고개를 끄덕거렸다.

"즐거운 사냥 타임이군."

⚖

승원은 중국의 폭력 조직 중 하나인 적사회의 멤버였다.

나름 급이 높은 조직원이기에 그에게는 중요한 임무가 떨어졌다.

하지만 중요한 임무라고 해서 그게 꼭 재미있는 일이라는 뜻은 아니다.

"지겹네요."

"그러니까."

산속에 있는 작은 창고. 그곳을 지키는 것이 승원을 비롯한 멤버들의 책임이었다.

이곳은 무기 공장에서 밀조한 무기들을 숨겨 두는 여러 곳 중 하나였다.

혹시 몰라서 여러 곳에 감춰진 무기들.

여기만 해도 총 30정에 총알이 5천 발이나 있다.

그러니 전국에 있는 무기의 양은 어마어마할 수밖에 없다.

"저거 뭐냐?"

승원은 지겹다는 듯 하품하다가 구석에서 주변을 두리번거리는 놈을 보고는 혀를 끌끌 찼다.

"이번에 온 신입 아닙니까?"

"병신 같은 새끼."

딱 봐도 진짜 무기가 있다고 하니까 잔뜩 겁먹은 게 분명해 보였다.

"야! 그렇게 주변을 두리번거려도 아무도 안 와."

"네? 하지만…… 공안이……."

"지랄하고 자빠졌네. 공안이 여기를 왜 와?"

"무기가 있으니 위험한 거 아닌가요?"

"공안이 병신이냐? 그 애들도 여기에 무기 있는 거 알아."

"네?"

신입은 당황한 듯했다. 하긴 그건 예상 못 했을 테니까.

"공안도 여기에 무기 있는 거 안다고. 다만 서로 터치하지 않기로 이야기가 되어 있을 뿐이야."

"터치하지 않는다고요?"

"그래. 우리가 이걸로 문제만 일으키지 않는다면 말이지."

중국에서 무기를 집단으로 소지했다가 잡히면 좋은 꼴을 보기 힘들다.

일단 중국 감옥에 끌려들어 가서 온갖 고문을 당하고 장기를 털리는 게 수순이다.

중국에서 사형수들을 대상으로 장기를 적출해 판매하는 건 널리 알려진 사실인데, 사실 그 '사형수들을 대상으로'라는 말에는 어폐가 있다.

일단 드러난 사형수가 얼마인지도 알 수가 없고, 어차피 죽을 놈이라면 사형수나 마찬가지이기 때문이다.

"여기를 공격해 올 놈들은 없어."

"하지만 그 다른 조직은요?"

"저거 무협지를 너무 많이 봤네. 다 구역이 있는데 왜 여기를 넘어와?"

설사 넘어온다고 해도 삼합회에서 가만히 두고 보지 않는다.

상황에 따라서는 적당히 중재도 해 준다.

"그리고 무기를 노린다는 건 진짜 끝장 보자는 의미거든?"

그러면 그때는 진짜 이쪽도 총으로 무장하고 싸우는 수밖에 없는데, 그랬다가 중국 정부에 걸리면 일이 커진다.

그나마 지역에서 끝나면 어떻게 덮기라도 하지만 중앙정부는 그게 불가능하다.

"걱정하지 마. 내가 여기서 2년 넘게 일했지만 우리 애들 말고는 한 명도…… 어?"

말을 하던 그들은 어둠 속에서 다가오는 덩어리들을 보고 움찔했다.

"뭐야, 저건?"

아무리 봐도 저건 위험해 보였다.

거대한 덩치. 처음 보는 무언가였다.

정확하게는 장갑복을 입은 인간처럼 보였는데, 몸에 두른 것이 방탄복도 아닌 처음 보는 물건이었다.

"저놈 뭡니까?"

"모르겠다. 일단 저 새끼들을 잡아서 물어보면 알겠지."

그 숫자는 열 명.

복장이 제법 무거운 건지 그들은 아주 천천히 걸어오고 있었다.

"야, 저렇게 느리니까 잡는 건 문제없지? 저 새끼들 잡아서 내 앞으로 끌고……."

승원은 말을 끝내지 못했다.

그의 앞에 있던 조직원의 머리가 갑자기 뒤로 휙 꺾이더니 그대로 철퍼덕 쓰러졌기 때문이다.

"뭐…… 뭐야, 저건?"

눈이 휘둥그레져서 돌아보니 다가오는 놈들의 손에 뭔가 들려 있었다.

그제야 그의 눈에 그 장갑을 입은 놈 뒤에 다른 누군가 서 있는 게 보였다.

그 누군가는 뭔가를 장전해서 앞에 있는 사람에게 건네고 있었고, 그걸 받은 놈은 이쪽을 겨냥하는 것처럼 보였다.

퍼억!

그리고 그와 동시에 그의 옆에 있던 놈이 갑자기 쓰러졌다.

"초…… 총!"

소리가 크지도 않았고 피가 튀지도 않았지만 저 정도 원거리에서 사람을 쓰러트릴 수 있는 물건은 하나뿐이라는 생각에 그들은 정신이 번쩍 들었다.

"총이다!"

"무기 가져와! 총 가져와!"

승원은 다급하게 안으로 뛰어들어 갔다.

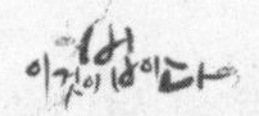

조직원들 역시 고함 소리를 들었는지 지하에서 다급하게 총을 들고 튀어나왔다.

"저 새끼들 조져! 무조건 죽여! 저 새끼들 총 들고 있어!"

기겁하며 외치는 승원.

그러는 사이 몇몇이 다시 쓰러지자, 그는 다급하게 몸을 감추고 은폐 사격을 하기 시작했다.

"씨발, 저거 뭐야?"

그러나 그들의 사격은 의미가 없었다.

사방에 총성이 울리고 총알이 날아갔지만 다가오는 자들은 피하려고도 하지 않았다.

그제야 승원은 그들의 손에 검은 방패가 들려 있는 것을 깨달았다.

어둠 속인지라 보이지 않았던 것이다.

"이런 미친."

한 손에는 방탄 방패를 들고 다른 한 손으로는 총을 쏜다.

빗나가는 것도 있었지만 대부분은 확실하게 동료들을 제압했다.

"이건 뭐야?"

방패도 황당한데 빗나가서 튕겨 나온 물건도 황당했다.

그도 그럴 것이, 총알이 아니라 유탄처럼 생긴 스펀지였기 때문이다.

"이놈들, 기절했는데요?"

그래서인지 죽은 놈은 없었다.

하지만 다가오는 놈들을 막을 방법도 없었다.

“대체 저게 뭐냐고!”

승원은 얼굴을 있는 대로 구긴 채 창밖으로 마구 총알을 갈겼지만 아무런 소용도 없었다.

마침내 가까이 도달한 그들은 집 안으로 뭔가를 던졌다.

“콜록콜록.”

거기서 연기가 쏟아지기 시작하자 집 안에서 버티던 놈들은 다급하게 튀어나왔고, 그들을 기다리고 있던 건 완전무장한 사람들의 몽둥이찜질이었다.

중국인들이 점거하고 있던 집은 순식간에 무력화되었고 그 안에 있던 중국의 조직원들은 죄다 끌려 나와서 널브러졌다.

그들이 무력화된 후에 조선족 조직원들을 그들을 끌어다가 줄에 묶고는 주변을 싹 정리하기 시작했다.

무려 총기로 무장한 곳을 한 명의 피해도 없이 이렇게 쉽게 무력화시키자, 조선족 조직원 중 한 명이 어이가 없다는 듯 노형진에게 질문을 던졌다.

“저건 뭐요?”

“EOD 슈트라고 하지요.”

“이 뭐?”

“그냥 폭발물 해체용 장갑복이라고 생각하면 편합니다.”

실제로 EOD 슈트는 폭발물을 해체하는 사람들이 작업할 때 입는 옷이다.

무게가 거의 40~50킬로그램에 육박하기 때문에 움직이는 것도 힘들고 오래 입고 있을 수도 없다.

워낙 방어력이 튼튼해서 이걸 입은 장갑복병을 생각한 적도 있다지만 일단 속도가 느려져서 고정표적이나 마찬가지가 되어 버리는 바람에 결국 취소되었다.

하지만 폭탄을 해체할 때 근거리에서 폭탄의 파편을 막아야 하기 때문에 어지간한 총알 정도는 방어할 수 있는 수준이다.

그래서 종종 게임에서 EOD 슈트를 입고 무쌍 찍는 장면이 있기도 하지만 사실 그건 불가능하다.

일단 몸체는 보호하지만 팔다리 보호는 약한 데다가, 지속적인 충격까지 막아 주는 복장은 아니기 때문이다.

"그러나 도탄이나 단시간 공격은 막을 수 있지요."

그래서 노형진은 레드마피아를 원한 것이다.

그들은 군사 장비 전문가이기 때문에 이런 걸 입고 하는 작전을 알거나 금방 배우기 때문이다.

"저 총은?"

"고무 유탄 발사기입니다. 다른 나라에서도 시위 진압용으로 종종 사용하죠."

거기에 들어가는 40mm 스펀지탄에 맞으면 사람이 죽지는 않지만 통증 때문에 움직이지 못하고 멍이 들거나 뼈가 부러지기도 한다.

머리에 맞으면 기절할 수도 있다.

사거리도 최대 70미터에서 시작하며 비살상 무기로는 제법 쓸 만하다.

"사람을 죽이는 건 원하지 않으니까요."

노형진은 어깨를 으쓱했다.

비살상 무기이다 보니 구하는 건 어렵지 않았다.

EOD 슈트 같은 건 레드마피아가 가진 게 있었고.

"거기에다가 방패를 들면 총에는 거의 무적이지요."

방패 자체가 일단 방탄 방패인 데다가 신체가 드러나거나 도탄이 생긴다고 해도 EOD 슈트가 다 막아 낸다.

그러니 당당하게 밀고 들어갈 수 있는 것이다.

"이러면 저놈들이 무장하고 있다고 해도 의미가 없겠군."

아무리 총을 쏴 봐야 이들이 있는 이상에는 그건 의미가 없다.

결국 근거리에 와서 싸워야 하는데, 근거리 싸움이 된다고 한들 총알을 막는 옷이 칼이나 몽둥이를 못 막을까?

물론 워낙 무거워서 자체 전투력이 약하기는 하지만, 혼전을 하게 되면 이쪽의 숫자가 더 많으니 당연히 유리한 것도 이쪽이다.

더군다나 이쪽은 다 방검복은 기본적으로 입고 있다.

머리에도 오토바이 헬멧이라도 쓰고 있다.

그러니 싸움이 안 된다.

"들어가지요."

노형진은 문을 열고 들어갔다.

안은 지저분했고, 지하에는 몇 개 남은 소총과 탄약이 쌓여 있었다.

"이거라면……."

눈이 벌게지는 조선족 조직원들.

그러나 노형진은 그들에게 그걸 줄 생각이 없었다.

그건 가장 멍청한 선택이었다.

"손대지 마세요."

"뭐라고?"

"손대지 말라고 했습니다."

"니 뭐라 했니?"

아니나 다를까, 몇몇이 발끈하면서 앞으로 나섰다.

제대로 통제가 되지 않는다는 소리다.

그런 그들을 보고 앞으로 나서는 레드마피아.

일촉즉발의 상황.

노형진은 그들에게 담담하게 말했다.

"중국 정부는 여러분이 아닌 한족 폭력 조직을 지지한다는 걸 잊지 마세요. 여러분들이 그걸 가지고 가면 그때는 그들이 여러분들을 합법적으로 학살할 수 있습니다."

그 말에 노형진을 무시하고 총에 손을 뻗으려고 하던 몇몇이 움찔하면서 멈췄다.

“이 지역의 공안은 여기를 알 겁니다. 하지만 모른 척했지요. 당해 봐서 알지 않습니까?”

“…….”

다들 대꾸를 못 했다.

실제로 그들이 습격당하면 공안들이 흐지부지 사건을 끝었고, 반면 그들이 습격하면 증거고 뭐고 없이 일단 들이닥쳐서 두들겨 패면서 끌고 갔다.

“법이라는 건 공평하지요. 하지만 그걸 집행하는 인간은 공정하지 않습니다. 이 무기를 가지고 가는 순간 그 무기를 제조하고 반역을 꾀한 건 우리가 됩니다.”

그래서 노형진이 살상 무기를 가지고 오지 않은 것이다.

몰라서 안 가지고 온 게 아니다.

사실 가장 흔하게 살 수 있는 AK 소총 같은 건 10만 원대면 대량 구매가 가능하다.

“저 방어구 하나만 팔아도 수천 대는 사서 무장할 수 있습니다. 하지만 그게 있다고 해도 정부를 이기는 건 전혀 다른 문제입니다.”

총이야 그렇다 치고 훈련의 효율도 제대군인을 이용해 높인다고 해도 결국 다른 무기들, 즉 탱크나 전투기 같은 게 뜨면 의미가 없다.

총으로 무장한 병력 1만 명이 있어 봐야 탱크 한 대를 못

이기고, 탱크가 열 대 있어 봐야 전투 헬기 하나를 못 이기며, 전투 헬기 열 대가 있어도 전투기 하나를 못 이긴다.

"그러면 이걸 그냥 두자는 거요? 그럼 우리는 죽소!"

중국의 조직들이 이 지경이 되었는데 보복을 하지 않을 리가 없다.

그러나 노형진은 태연스레 말했다.

"걱정하지 마세요. 청소는 우리가 할 게 아닙니다."

"뭐라?"

"원래 이럴 때 쓰는 청소부가 있습니다, 후후후."

본연의 임무

경찰. 중국에서는 공안이라고 불리는 존재.

그들의 본연의 임무는 국민 탄압이 아니라 치안 유지다.

하지만 권력화된 공권력이 언제나 그렇듯이 엄청나게 부패한 덕분에 그들은 치안 유지 대신에 하나의 폭력 조직처럼 그 지역을 지배해 왔다.

그러나 그러한 행동에도 한계가 있었다.

"왕리신 부총경감님, 신고가 수백 건입니다. 이건 묻을 수가 없습니다."

"이 미친 새끼들이 대체 뭘 한 거야?"

지방에서 난 총소리.

밤에 난 총소리는 생각보다 멀리 퍼진다.

더군다나 북한이 바로 옆에 있기 때문에 탈출하는 북한 주민들에게 총질하는 경우가 종종 있어 많은 주민들이 총성에 대해 알고 있었다.

그런 총성이 내륙에서 터지자 왕리신은 머리가 지끈거렸다.

"아무래도 뭔 일이 터진 것 같습니다. 위에서도 확인을 요구하고 있습니다."

"위에서? 끄응……."

아무리 왕리신이라고 해도 윗선, 즉 중앙당에는 저항할 수가 없다.

이 지역에서나 왕이지, 위로 끌려가면 대가리에 총알이 들어오는 것은 일도 아니니까.

"일단 주변을 수색 중이라고 했지만 덮는 것은 불가능합니다. 일부라도 쳐 내야 합니다."

"일부라도?"

"그렇습니다. 총성 제보가 우리뿐만 아니라 중앙당에도 들어갔기 때문에……."

만일 여기서 사건을 덮으면 중앙당에서 의심스러운 눈으로 보게 될 것은 당연하다.

잘해 봐야 갱단의 발호로 볼 테고, 최악의 경우 왕리신이 엉뚱한 짓거리를 준비한다고 생각할 것이다.

"그 지역에 적사회가 있던가?"

"그렇습니다, 부총경감님."

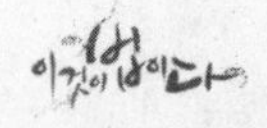

"그쪽이랑 이야기해 봤어?"

"안 했습니다. 그렇지만 이야기하는 게 그다지 좋은 상황은 아닌 듯합니다."

"뭐?"

"아시다시피 중앙당에서 의심하기 시작했습니다. 만일 우리가 그들과 접촉했다가 그 사실이 알려지면……."

왕리신은 침을 꿀꺽 삼켰다.

적사회는 인신매매와 마약 유통을 주로 한다.

그런 자들과 엮이면 그도 좋은 꼴은 못 본다.

"우리가 접촉한다고 해도, 그놈들이 우리 편을 들어 줄 놈들입니까?"

분명 그 지역에 있던 총기와 병력을 싹 뺀 후에 공안을 맞이할 테니, 왕리신 측은 실적이 없다고 보고해야 한다.

"윗선에서는 내 부패를 의심하겠군."

실제로 부패한 것과 공식적으로 그 꼬투리를 잡히는 것은 전혀 다르다.

당장 왕리신의 자리도 노리는 놈들이 한둘이 아니다.

그런 상황에서 꼬투리를 잡히면 중앙당에서 왕리신을 쳐내고 다른 놈을 심으려 하는 건 당연한 수순이 될 것이다.

"최소한의 실적 보고는 해야 합니다."

"그러면 어쩌자는 거야?"

"그 지역에 있는 곳을 털어 버리는 겁니다. 어차피 무기고

가 거기 한 곳만 있는 것도 아니지 않습니까?"

"흠……."

"그 정도에서 쳐 내고 나중에 어쩔 수 없었다고 하면, 적사회에서 뭐라고 할 수 있겠습니까?"

"하긴 그건 그렇군."

적사회가 삼합회 소속의 폭력 조직이라지만 그렇다 해도 중국의 공식적인 권력 집단인 공안과 비교할 수는 없다.

중국 공안의 권력은 한국의 경찰과 다르다.

한국의 경찰은 행안부 아래에 존재하지만 이들은 중국의 최상위 행정기관 중 하나다.

독립적인 체포권이 있기 때문에 영장이 필요 없으며, 구속 역시 자기 마음대로 할 수 있고 수사는 당연히 그들이 한다.

불심검문 역시 거절하면 끌고 갈 수 있고, 언론이나 뉴스 같은 곳에 대한 검열권 역시 공안이 가진다.

즉, 영화처럼 영장 없이는 집에 못 들어가는 그런 자들이 아니다.

문이 잠겨 있으면 부수고 들어가면 된다.

심지어 공무집행방해를 할 경우 총살도 가능하다.

그것도 자기 마음대로 말이다.

물론 그래도 언론의 눈치가 있어서 마음에 들지 않는다고 바로 총알을 박아 버리는 짓은 하지 않지만, 공안이 서라고 했는데 서지 않으면 뒤통수에 총알을 박아 버리는 건 가능하다는 이야기다.

그렇기 때문에 적사회가 아무리 이 지역에서 힘깨나 쓴다고 해도 공안에 저항하는 건 불가능하다.

저항해 봐야 준군사조직인 인민 무력 경찰을 투입해서 깡그리 쏴 버리면 그만이니까.

"그곳을 기습해서 실적으로 올리고 사건을 덮으시지요."

왕리신은 고개를 끄덕거렸다.

"그러도록 하지. 이 미친놈들이 그동안 편의를 봐줬더니 선을 너무 넘어."

왕리신은 눈을 찌푸리며 말했다.

한 번쯤 힘을 보여 줄 때가 되었다.

"그쪽을 습격하도록 해. 적사회 쪽에는 비밀로 하고. 나중에 그 정도로 덮어 준 걸 감사하다고 인사하지 않으면 죽여 버리겠어."

왕리신은 이를 뿌드득 갈았다.

⚖

그 시각, 적사회는 그 아지트에 와 있었다.

"뭐? 누군지 몰라?"

"네. 얼굴도 완전히 가린 상태였고 총알도 안 먹혔습니다. 그 후에는 두건을 쓴 놈들에게 두들겨 맞아서 기절했습니다."

"그게 말이나 된다고 생각해? 그렇게 완전무장 하고 습격한 놈들이 그냥 너희만 때리고 갔다는 게?"

"저희도 영문을 모릅니다."

"돌아 버리겠군."

습격당했을 때 숭원을 비롯한 이곳의 멤버들은 당연히 조직에 전화를 걸어서 지원을 요청했다.

하지만 조직에서 다급하게 이곳에 왔을 때 상황은 다 끝나 있었기에 누군가 무기를 탈취해서 도망갔을 거라 생각했다.

그러나 무기는 그대로 있었고 심지어 탄약상자도 그대로였다.

바닥에 떨어진 탄피 하나 주워 간 게 없었다.

"사실 너희끼리 치고받은 거 아니야? 아니면 약을 했거나……?"

"그럴 리가 있습니까?"

당장 여기저기 멍든 걸 봐서는 거짓말을 하는 것 같지는 않다.

"일단 그놈들이 다시 올지 모르니까 총기 제대로 확인해. 그놈들이 어디서 온 건지 모르겠지만."

숭원은 상급자의 말에 툴툴거렸다.

"아니, 나도 환장하겠다고."

사라진 건 없다.

정확하게 표현하자면, 그들이 맞았던 스펀지탄만 사라졌다.

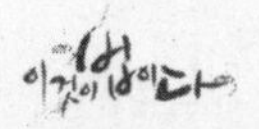

그렇다 보니 실제 전투를 증명할 만한 건 탄피와 집 안에 남아 있는 매캐한 냄새뿐이었다.

"당분간 상주 인력을 늘리고, 그놈들이 오면 다시 때려잡아."

"하지만 무슨 수로 말입니까?"

"창으로 찌르든가 하란 말이야!"

확실히 여기에는 창 같은 무기들도 있다.

'총도 안 통하는데 창이 통할 리가.'

승원은 툴툴거렸지만 뭐라고 말을 할 수가 없었다.

그나마 그들이 자신들을 습격한 후에 아무것도 가지고 가지 않았으니 망정이지, 그들이 뭔가를 가지고 갔다면 자신은 죽은 목숨이었을 테니까.

"나는 형님과 만나서 상황 설명하고 대응책을 이야기할 테니까……."

그 순간 바깥에서 갑자기 총소리가 들려왔다.

타타타탕!

탕탕탕!

"뭐…… 뭐야!"

동시에 튀어 들어오는 조직원.

"습격입니다! 적들이 다시 돌아왔습니다! 이번에는 총까지 제대로 가지고 온 것 같습니다!"

"뭐? 야! 당장 무장해, 어서! 이번에는 꼭 다 죽여 버린다!"

승원은 눈이 뒤집어졌다.

복수를 할 시간이었다.

"역시나."

노형진은 산속에 있었다.

주변에는 레드마피아 몇몇이 경호하고 있었다.

저 멀리 보이는 공안.

"예상대로 행동하는군."

이 지역에서 그렇게 총소리가 났으니 당연히 문제가 안 될 수가 없다.

주변의 주민들이 신고했을 테고, 노형진은 조선족 조폭들을 통해 중앙당 쪽에도 신고하도록 했다.

당연히 위에서는 그걸 확인하라고 했을 테니 왕리신이 여기를 알든 모르든 대응책은 하나뿐이었다.

'안다면 여기를 습격해서 그 정도에서 사건을 덮으려고 하겠지. 모른다면 당연히 수색 팀을 보낼 테고.'

그래서 노형진은 좀 떨어진 곳에서 비트를 파고 그들이 오기를 기다리고 있었다.

아니나 다를까, 삼십여 명쯤 되는 공안이 다가오는 게 보였다.

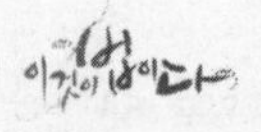

'직선으로 다가오는 걸 보니 여기에 대해 아는 모양이군.'

그들은 기도비닉 같은 건 생각도 안 하고 왁자지껄하게 떠들면서 다가오고 있었다.

중국어 특유의 성조 때문에 더더욱 시끄럽게 들리는 그들의 목소리.

"미스터 노의 계획대로 되는군요."

"뭐, 우리가 우리 손에 피를 묻힐 필요는 없으니까요."

조선족 출신들은 그들을 죽이거나 장기를 털어서 팔아먹자고 했지만 노형진이 노리는 건 그게 아니었다.

자신들이 왜 적사회 조직과 싸운단 말인가?

"적당히 흔든 후에 우리는 주워 먹으면 그만입니다."

노형진은 그렇게 웃으면서 미소를 지었다.

"이런 밤에는 보이는 게 없지요. 그리고 그런 경우 인간은 오로지 소리에만 의지하게 됩니다. 이렇게 말이지요."

노형진은 옆에 있던 커다란 전축의 버튼을 눌렀다.

그러자 사방에 총소리가 울려 퍼지기 시작했다.

-탕탕!

-타타탕!

전형적인 총소리다.

당연하다.

아까 전에 중국 조직들이 쏘던 걸 녹음해 놨으니 소리는 정확하다.

“총격이다!”

“피해!”

“손전등 꺼! 손전등!”

느긋하게 오던 공안은 난리가 났다.

감히 자신들에게 총을 쏠 거라고는 생각도 못 했던 것이다.

‘하지만 총의 존재는 알고 있단 말이지.’

그러니 총소리가 나자 생각나는 건 그것밖에 없었을 것이다.

“그리고 저놈들에게는 예광탄이 없지요.”

군에 갔다 온 사람들은 알지만 전투용 총알에는 예광탄, 즉 날아가면서 빛을 내는 총알들이 섞여 있다.

원래 총알은 날아가면 안 보인다.

대낮에도 안 보이니 밤에는 더더욱 안 보인다.

그래서 자신이 겨냥한 총알이 제대로 날아가는지조차도 알 수가 없다.

그때 쓰는 게 바로 예광탄이다.

예광탄이 날아가는 흔적을 보여 줘서 방향을 잡아 주는 것이다.

영화에서 보면 밤에 빛이 날아가는 게 보이는데, 그게 바로 예광탄이다.

다만 예광탄은 가격이 비싸고 일반 탄두와 다르게 제조해야 하기 때문에 그걸 다 쓸 수는 없다.

그래서 일반적으로 다섯 발 중 한 발이 예광탄이다.

즉, 허공에 예광탄이 보인다면 그 빛의 다섯 배에 달하는 총알이 날아다니고 있다고 보면 된다.

그런데 지금은 예광탄이 보이지 않는다.

총알이 날아오는지 안 날아오는지 알 수가 없다.

그건 공안뿐만 아니라 저기에 와 있는 적사회 역시 마찬가지였다.

"그리고 그들은 모두 누가 쐈는지 알 수가 없단 말이죠."

공안 입장에서는 총소리를 들으면 당연히 반격할 수밖에 없다.

그리고 총소리를 들은 건 적사회 쪽도 마찬가지.

"양쪽 다 어떤 반응을 할지 기대되지 않습니까?"

⚖

"끄아아악!"

공안은 무장이 권총뿐이다.

당연히 화력에서 밀릴 수밖에 없다.

사실 밤의 명중률은 그다지 기대하기 힘들다.

더군다나 예광탄도 없으니 대충 쏴 대는 수밖에 없다.

적사회 쪽 역시 제대로 싸우지 못했다.

이미 한번 당한 경험이 있기에 몸이나 머리는 내놓지 않고 총만 밖으로 두고 당겨 버렸다.

그렇다 보니 서로가 서로를 확인하지도 못하고 총질만 해댔다.

그리고 그러다 보면 눈먼 총알에 맞는 사람도 당연히 나오게 마련이다.

"소룽!"

목을 붙잡고 쓰러지는 남자에게, 총을 쏘던 공안 한 명이 다가가 끌어내려고 했다.

"야, 이 미친놈아!"

"이대로는 죽어요!"

"빨리 나와! 거기에 있다간 다 죽어!"

"조금만 더 끌어내면……."

하지만 남자의 말은 미처 끝까지 이어지지 못했다.

머리에서 퍽 하고 피를 튀기면서 그는 그대로 옆으로 쓰러졌다.

그 아래에 깔린 소룽은 부들거리면서 손을 뻗었다.

"사…… 살려……."

조금만 더 당겨 주면 자신은 안전한 곳으로 피할 수 있다.

조금만 더 당겨 주면 말이다.

하지만 공안들은 시선을 스윽 피했다. 그를 돕다가 자칫 자신마저 죽고 싶지는 않았기에.

소룽의 눈에 원망의 빛이 도는가 싶더니 그마저도 금방 꺼져 버렸다.

그리고 축 늘어지는 소룡.

그러는 사이에도 총격전은 계속되고 있었다.

"이 망할 새끼들! 적사회 이 새끼들이 미쳤구나."

대충 이곳에 적사회가 있으니 제압하라는 이야기는 들었다.

그들이 미치지 않고서야 자신들에게 총격을 가할 거라고는 생각하지 못했던 공안은, 두 사람이 죽고 나서야 인정할 수밖에 없었다.

자신들은 저들과 싸울 수 없다.

화력의 차이가 너무 심했다.

일단 저쪽은 소총이고 이쪽은 권총이다.

저쪽은 엄폐가 확실한 건물이고 이쪽은 기껏해야 나무 정도다.

그나마도 부족해서 엎드려서 쏘는 사람들도 있다.

"후퇴한다."

"네?"

"후퇴한다. 제대로 된 전투부대를 불러야 해. 당장!"

"알겠습니다. 그러면 이 애들은……."

죽어 나자빠진 두 사람을 보는 공안들.

"당연히 끌고 가야지! 일제사격 하는 사이에 뒤로 끌어내."

"셋, 둘, 하나!"

공안들은 가진 총알을 한꺼번에 쏟아부었다.

그사이에 다른 사람이 그들을 뒤쪽으로 끌어냈고 상황은

소강상태가 되었다.

그러나 피바람은 이제 시작이었다.

⚖

쾅!

왕리신은 눈에 불을 켰다.

적사회가 초대형 사고를 쳤다.

총기를 가진 것도 문제인데 그걸로 공안 두 명을 사살했다.

"이건 반기를 든 겁니다. 이건 심각한 문제입니다."

부하는 창백한 얼굴이 되었다.

그럴 수밖에 없는 게, 그들은 지금까지 자신들과 알음알음 붙어먹어 왔기 때문이다.

즉, 그들이 이 정도로 무장한 건 모두 자신들이 모른 척해 줬기 때문에 가능한 일이었다.

그런데 그런 놈들이 정부를 공격했다.

그 책임은 누군가 져야 하고, 그건 당연히 왕리신뿐이었다.

"이 미친놈들이 도대체 왜?"

"모르겠습니다. 보이지도 않았답니다. 우리를 기다리고 있었던 것으로 추정됩니다. 공안이 모습을 보이자마자 바로 사격을 개시했다고 합니다."

"적사회 이놈들……."
왕리신은 이를 뿌드득 갈았다.
이대로 물러날 수는 없게 되었다.
물론 습격한 건 자신이다.
하지만 그저 중앙정부의 의심을 피하기 위한 목적이었다.
그러나 이 정도 상황이 되면 그는 책임을 피할 수가 없다.
그들을 방치한 책임이 있기 때문이다.
"그놈들을 잡아야 한다. 바로 인민 무력 경찰에 연락해."
"네?"
"이놈들이 반기를 든 이상 결국 피할 수 없는 문제야."
만일 그들이 잡혀가면 어떻게 될까?
아마도 갖은 고문을 당하게 될 것이다.
그 와중에 왕리신의 이름이 나올 가능성은 99% 이상이다.
그렇게 되면 왕리신은 형장의 이슬로 사라지게 된다.
'내가 여기까지 오기 위해 얼마나 고생했는데.'
위에 바친 돈이 얼마이며 그걸 위해 얼마나 노력했는데. 이렇게 죽을 수는 없다.
'방법은 하나뿐이야.'
그들이 잡혀가기 전에 그 자신에 대해 아는 놈들을 깡그리 쓸어버리는 것.
"완전무장 상태로 출동 준비하라고 해. 저쪽에 얼마나 많은 병력이 있는지 모르니까 단 한 놈도 살려 보내지 말라고 하고.”

“알겠습니다.”

부하는 고개를 끄덕거렸다.

그는 왕리신이 뭘 원하는지 바로 알아차렸고, 이제 그걸 실행해야 하는 시간이었다.

⚖

탕탕!

그 시각, 그 집에서는 여전히 전투가 계속되고 있었다.

공안은 다급하게 도망갔지만 그 자리에 다시 한번 레드마피아가 나탄 것이다.

EOD 슈트를 입고 다시 나타난 레드마피아에게 적사회는 미친 듯이 총을 쐈지만 애초에 그게 먹힐 리가 없다.

더군다나 그들은 아까와 다르게 근거리까지 접근하지는 않았다.

“저 새끼들 뭐 하는 거야?”

“아무래도 누가 죽었나 봅니다.”

“죽어?”

“아까 비명이 들리지 않았습니까? 시신을 수습하는 모양입니다.”

“도대체 저거 어떤 조직이야?”

산속에 있다 보니 상대방은 여전히 어둠 속에 숨어 있어 아까도 제대로 얼굴도 못 봤다.

“도대체 뭘 하자는 건지도 모르겠고.”

상관의 말에 승원은 불안감이 치밀어 올랐다.

‘이게 아닌데.’

차라리 칼을 들고 설치는 거였다면 불안하지는 않을 것이다.

그런데 저들의 행동은 이해가 가지 않았다.

아까 전에 저들이 앞을 가로막고 들어왔다면 자신들은 다 죽었을 것이다.

그런데 한번 제압하고, 그다음에는 총을 들고 오더니, 이번에는 접근도 안 하고 견제만 한다.

“사격 중지!”

“네?”

“저놈들, 어차피 이쪽으로 오지 않을 게 뻔해. 그러니 여기서 총을 쏘는 건 총알 낭비야.”

“그러면 어떻게 할까요?”

“당장 형님에게 말해서 뒤에서 습격하게 한다. 그러면 그 놈들이 어쩔 거야?”

결국 그들도 나름 머리를 쓴 대책을 내놨다.

하지만 불행히도, 그들의 머리보다는 노형진의 머리가 좀 더 좋았다.

“슬슬 철수하세요.”

노형진의 연락에 레드마피아는 뒤로 물러났다.

그리고 옷을 벗어서 서로 나눠 들고는 빠르게 산으로 사라졌다.

“공안 쪽을 감시하는 사람들에게서 이야기는 들어왔습니까?”

“인민 무력 경찰이 소집되었답니다.”

“역시 그렇게 되는군요.”

경찰이 죽었다.

그것도 소총을 가진 적과 싸우다가 죽었다.

그러면 답은 하나밖에 없다.

인민 무력 경찰, 그들이 이곳을 습격할 것이다.

“저들은 이제 어디에도 못 가고요.”

노형진이 그 짧은 틈에 레드마피아를 투입한 이유는 그들이 도망가는 걸 막기 위해서다.

아니나 다를까, 레드마피아가 나타나자 그들은 적이라고 생각해서 막으려고 했다.

유일한 입구가 막혀 있으니 도망도 가지 못했고 말이다.

“적사회는요?”

한때 적사회와 싸웠던 조선족 출신 조폭들이기에 그들은 대부분의 장소를 알고 있었다.

"무장 상태로 모이고 있다고 합니다. 이곳으로 올 거라 생각됩니다."

"좀 늦네요?"

"아무래도 군대가 아니니까요. 거기에다 총격전까지 벌어졌으니 감춰진 무기를 가지고 와야 할 겁니다."

"뭐, 예상은 했지만요."

노형진은 씩 웃으며 자리에서 일어나 엉덩이를 털었다.

"우리는 이제 사라질 시간이군요. 갑시다. 피날레를 보지 못하는 게 아쉽지만……."

어깨를 으쓱하는 노형진.

"우리는 우리 할 일을 해야지요?"

⚖

인민 무력 경찰 1개 중대가 그 집에 들이닥친 건 얼마 지나지 않아서였다.

당연히 적사회는 욕설을 내뱉으면서 저항했다.

투타타타!

탕탕!

연이어 터지는 총소리에 승원은 몸을 바짝 낮추고는 입술을 깨물었다.

"도대체 이 정도 되는 조직이 어디지?"

총까지 동원해 가면서 자신들을 죽이려고 하는 조직이라니?

이건 미친 짓이다.

물론 자신들을 죽일 수야 있겠지만, 총기가 이렇게 대량으로 사용되었는데 공안에서 그냥 넘어갈 리가 없다.

"옆의 나찰 놈들일까요?"

나찰은 옆 도시를 구역으로 하는 놈들이다.

똑같이 삼합회에 속해 있고 또 세력도 큰 놈들이다.

"말도 안 돼. 여기에 뭐가 있다고?"

사실 생각나는 건 그놈들뿐이지만 가능성은 낮았다.

그들이 지배하는 지역은 도시고 여기보다 돈이 더 된다.

그런데 총까지 동원해서 자신들을 죽인다는 건 말도 안 된다.

말 그대로 타초경사를 하는 짓이다.

"조금만 참아! 형님이 거의 도착했다고 하니까, 뒤에서 저 놈들을 습격하면 끝장이야."

"알겠습니다."

다행히 습격에 대비해서 튼튼하게 지어 둔 집은 벙커 노릇을 톡톡히 하고 있었고, 그들은 간간이 총격을 주고받으면서 시간을 보내며 버틸 수 있었다.

그렇게 얼마나 시간이 지났을까.

"우와!"

갑자기 산 아래쪽에서 고함 소리가 들리면서 총성이 울려 퍼졌다.

"오셨다!"

상관의 얼굴이 환해졌다.

드디어 적사회 본진 쪽에서 인원을 보낸 것이다.

역시 상당한 수준의 무장을 갖추고 온 건지, 연신 총소리가 울려 퍼졌다.

"지금이다! 사격해!"

연이어 터지는 총소리.

그러던 어느 순간, 총소리가 거짓말처럼 멈췄다.

"이…… 이긴 건가?"

"그런 것 같은데요?"

그렇지 않다면 자신들에게 총알이 날아와야 한다.

그런데 날아오는 총알은 없었다.

"그런데 이게 무슨 일이야?"

고개를 갸웃하는 승원.

"야! 나가 봐."

"네? 제가요?"

"그러면 내가 나가리? 당장 안 나가?"

승원은 똥 씹은 표정을 하면서 무기를 들고 조심스럽게 바깥으로 나갔다.

하지만 날아오는 총알은 여전히 없었다.

상황을 봐서는 적사회가 이긴 것 같았다.

"뭐지?"

승원은 용기를 가지고 천천히 아래쪽으로 내려가서 아까 전에 적들이 있었던 곳에 도달했다.

거기에는 조직원들이 모여 있었고, 모두의 얼굴은 마치 귀신을 본 것처럼 창백하게 변해 있었다.

"도대체 무슨 일입니까?"

"오, 너 여기 상황을 아는 거냐?"

"알 수가 있나요, 총알이 날아와서 나오지도 못했는데."

그렇게 말하면서 쓰러진 시신들을 힐끔 살펴보는 승원.

그는 왠지 불안감이 들었다.

'조직이 아니야?'

그들이 입고 있는 옷이나 무기 같은 걸 보면 절대 일반적인 폭력 조직이 아니었다.

그들은 통일된 복장을 하고 통일된 무기를 가지고 있었다.

죽은 자들도 있었고 부상에 신음하는 자들도 있었으며 항복한 건지 구석에 묶여 있는 자들도 있었는데, 모두 복장이 똑같았다.

"도대체 이놈들 뭡니까?"

"몰랐던 거냐?"

"저들이 계속 공격하는 바람에 저도 집에서 나온 건 이번이 처음이라서요."

옆에 있던 조직원 한 명이 조심스럽게 말을 꺼냈다.

"인민 무력 경찰이랍니다."

"뭐?"

승원은 등골이 서늘해졌다.

인민 무력 경찰. 그러니까 국가의 조직이란 말이다.

"무슨 소리야! 인민 무력 경찰이라니!"

"보스도 지금 당황해서 어쩔 줄 몰라 합니다. 다른 사람도 아니고 인민 무력 경찰이라니."

지금까지 공안은 자신들의 편이었다.

그런데 갑자기 기습했다.

아니, 그건 어찌 되었건 상관없다.

차라리 기습당해 죽었다면 적당히 손절하고 모른 척하면 그만이니까.

하지만 이제는 아니게 되었다.

기습한 적을 뒤에서 습격한 건 좋았다.

그들을 제압하고, 그들을 쏴 죽였다.

그들이 경찰인 걸 안 건 그 후의 일이었다.

"설마……."

"좆 된 것 같다."

승원은 바닥에 쓰러진 인민 무력 경찰들을 보고 정신이 아득해지는 기분이었다.

일이 제대로 터졌다.

“뭐?”

왕리신은 정신이 아득해졌다.

“인민 무력 경찰이 전멸했습니다. 마지막 보고는 뒤쪽에서 습격을 받았다는 것이었습니다.”

왕리신은 휘청거렸다.

쓰러지려는 순간 그는 손을 허우적거리면서 의자를 잡았다.

인민 무력 경찰의 전멸. 이건 심각한 문제다.

더군다나 뒤쪽에서 습격당했다?

이건 대놓고 당과 국가에 반역하겠다는 의미다.

‘이…… 미친놈들이…….’

아무리 적사회가 이 지역에서 규모가 크다고 하지만 그들이 독립을 요구하거나 싸울 만한 규모는 아니다.

당장 국가인, 아니 국가였던 티베트조차도 저항하지 못하고 있는 상황인데 고작 폭력 조직인 적사회가 이런 짓을 한 것은 말도 안 된다.

“부총경감님, 일이 너무 커졌습니다. 이들은 절대 가만둘 수가 없습니다.”

왕리신은 이를 빠드득 갈았다.

“이건 반역 행위다. 모든 공안을 무장시키고, 남아 있는 인민 무력 경찰들도 모두 무장시켜서 그놈들을 발본색원한다."

"발본색원이라고 하면……."

"한 놈도 살려 보내지 마!"

일이 이쯤 되면 그의 미래는 끝장났다고 봐야 한다.

설사 그가 적사회와 관련이 없다손 치더라도, 한 지역에서 반역의 낌새를 느끼지 못한 것은 아주 심각한 문제다.

그것만으로도 인생이 끝난 것이나 다름없는데 왕리신은 지금까지 적사회를 도와주고 그들의 성장을 지원했다.

그런 게 드러나면 그뿐만 아니라 그의 일가친척 모두 장기가 털리는 게 당연한 게 바로 중국이다.

해결책은 오직 단 하나.

'적사회를 모조리 쓸어버린다.'

최소한 그와 적사회 상부와의 관계를 알고 있는 놈들은 모조리 죽여야 한다.

그러지 않으면 그 자신이 죽는다.

"모든 문제는 뒤로 돌린다. 교통과만 제외하고 모조리 무장시켜서 적사회 놈들을 퇴출시켜!"

"알겠습니다, 부총경감님."

부하는 그렇게 고개를 끄덕거리면서도 우려를 감추지 못했다.

일이 그렇게 쉽게 해결되지 않을 거라는 생각에서였다.

⚖

"미친놈들아! 건드릴 게 없어서 공안을, 그것도 인민 무력 경찰을 건드려?"

"나도 이렇게 될 줄 몰랐다. 그놈들이 인민 무력 경찰인 것도 몰랐고, 그놈들이 왜 그런 짓을 했는지도 모르고."

"그건 아무도 상관 안 해. 중요한 건 네가 건드리면 안 되는 대상을 건드렸다는 거야."

적사회의 리더인 우웬은 나찰의 보스인 쩌민의 말에 머리를 부여잡았다.

"위에 말해서 중재해 줘, 이건 사고였다고."

"사고? 웃기는 소리 하지 마. 나라고 귀가 없는 줄 알아?"

쩌민은 눈에 불을 켰다.

그럴 만한 게, 한두 명도 아니고 무려 1개 중대를 전멸시켰다.

윗선에서도 이 정도 일을 덮을 수는 없다.

"당장 나도 너 때문에 목숨을 걸고 있다. 너랑 만나는 것 자체만으로도 내 목숨이 위험해진다는 걸 모르는 거냐? 그래도 하도 만나 달라고 해서 만나 줬더니 뭐? 중재?"

"돈은 얼마든지 가능하니……."

"돈이 문제가 아니야. 이번 사건은 누군가 책임을 져야 해. 그 출동을 명령한 게 누군지 알아? 왕리신이야. 그놈이

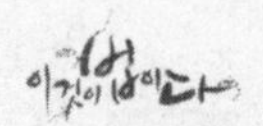

그냥 넘어갈 것 같아?"

절대 그럴 리가 없다.

왕리신은 어떻게 해서든 적사회를 박멸하려고 할 것이다.

"왕리신은 이번 사건의 책임을 지고 물러나야 해. 그러면 그가 누굴 지켜 줄 것 같나?"

이미 저지른 죄가 많은 만큼 결국 그의 목숨은 얼마 남지 않은 것이다.

"이미 어르신들이 네놈의 전화를 받지 않는 걸 보면서 느끼는 것도 없나?"

"크윽……."

우웬은 이를 빠드득 갈았다.

그라고 모르는 게 아니다.

일이 터지자 수습하기 위해 다급하게 삼합회의 윗선에 전화를 해 댔지만 누구도 받지 않았다.

하위 경찰 열댓 명 또는 중간 간부 한두 명 정도라면 어떻게 해서든 덮을 수 있을지도 모른다.

그런데 공안 두 명에, 인민 무력 경찰 1개 중대를 전멸시켰다.

"이미 관련 정보가 벌써 윗선에 올라갔어. 이건 적당히 은폐하고 끝낼 수는 없어."

"하지만 고작 경찰 몇 놈인데……."

"아무것도 모르는군."

"뭐?"

"인터넷에 글이 올라왔다. 인민 무력 경찰이 너희들에게 납치되어 전원 총살당했다고."

우웬은 정신이 아찔해졌다.

"무슨 소리야! 납치 총살이라니!"

습격한 건 사실이다.

하지만 고의적으로 한 건 아니었다.

어둠 속에서 복장이 제대로 안 보여서 경찰이라는 걸 몰랐을 뿐이다.

기본적으로 인민 무력 경찰은 경찰 특공대 같은 조직이다.

즉 군사 조직이기에, 당연히 군복이 자신들을 잘 감출 수 있도록 디자인되어 있다.

그러니 교전하면서도 그들이 누군지 정확하게 확인할 수가 없었다.

"거기에다 다 죽은 것도 아니야! 3분의 2 정도는 죽었지만 나머지는 아직 멀쩡하게 살아 있다고!"

"그건 중요하지 않아. 넌 당과 국가에 반기를 들었어. 네 놈은 단순한 범죄자가 아니라 반역자란 말이다."

"큭."

"이미 적사회에 대한 대대적인 단속이 벌어지고 있다는 걸 모르진 않을 텐데."

"그래서 윗선과 만나서 이야기를 전해 달라고 하는 거 아닌가!"

"나도 그럴 이유는 없지."

이미 이 지역의 적사회 본거지에 대한 대대적인 단속이 벌어지고 있었다.

화가 난 공안 놈들이 무차별적으로 적사회를 끌어내고 구타하고 있으며, 총살을 하려고 하기도 했다.

그나마 시도로 끝났으니 망정이지만, 저들마저 자신들을 모른 체하면 반역자로 처벌될 가능성은 충분하다.

아니, 당연히 그렇게 될 것이다. 중국이니까.

"이미 네놈이 살 수 있는 방법은 없어."

"쩌민!"

쩌민의 말에 거칠게 항의하는 우웬이었지만 이미 직감적으로 느끼고 있었다, 자신들에게 기회가 없다는 것을.

"미안하군, 우웬. 네놈들을 도와줄 수는 없어."

자리에서 일어나는 쩌민.

"나도 살아야 하니까."

"뭐?"

우웬은 불안감에 자리에서 벌떡 일어났다.

그 순간 문을 박차면서 한 무리의 경찰들이 들이닥쳤다.

"우웬! 네놈을 살인과 반역 혐의로 체포한다!"

"배신이냐!"

"배신한 건 네놈이지. 난 그저 당의 이름으로 반역자를 신고한 것뿐이야.”

덤비려고 하는 우웰. 하지만 그러지는 못했다.

그에게 몽둥이들이 날아들기 시작했기 때문이다.

“아악!”

“이 반역자 새끼, 죽여 버리겠어!”

몽둥이와 구둣발에 밟히면서 우웰은 비명을 질렀다.

하지만 누구도 그의 인권은 신경 쓰지 않았다.

인민 해방이라는 건 이런 것

적사회는 순식간에 와해되었다.

아무리 중국에서 잘나가는 조직이라고 해도 결국 폭력 조직이고, 국가와 싸우기 시작하면 답이 안 나온다.

그나마 민주적인 정권이라면 피바람까지 불지는 않을지도 모르지만 중국은 애초에 민주주의국가도 아니다.

중국의 정식 명칭은 중화인민공화국.

북한처럼 눈가림용 민주주의 같은 단어도 들어가 있지 않다.

그런 곳에서 당에 반기를 들었으니 피바람이 안 불 리가 없다.

"저놈입니다. 저놈의 형제가 적사회의 멤버였습니다."

일을 하던 남자는 공안과 올라오는 남자를 보고 주춤주춤 물러났다.

그도 귀가 있고 눈이 있다.

그동안의 소문을 못 들은 게 아니다.

"저 새끼 잡아!"

"나…… 난 몰라!"

"이 반역자 새끼! 네 동생 어디 있어!"

적사회는 이미 완전히 와해되었다.

리더인 우웬이 잡혀가자 무너지는 건 순식간의 일이었다.

그러나 왕리신은 실적을 올려서 자신의 자리를 지켜야 했고, 그 방법은 반역자들의 가족을 족치는 것이었다.

"몰라요! 도망가고 나서 연락도 없었어요!"

"웃기지 마라, 이 반역도!"

"아아악!"

공안은 피도 눈물도 없었다.

그는 몽둥이로 남자를 미친 듯이 두들겨 패기 시작했고 남자는 몸을 사리고 비명을 질렀다.

그 비명에 가족들이 다급하게 튀어나왔다.

"이게 무슨 일입니까!"

"너도 이 새끼 가족이지! 반역자 어디 있어!"

"도망갔습니다! 진짜로 도망갔어요!"

"말로는 안 되는군."

여자에게 날아오는 군홧발.

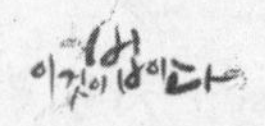

여자가 비명을 지르며 쓰러지자 그 위로 쏟아지는 몽둥이들.

"빨리 불어! 반역자 새끼들 어디 있어!"

"아악!"

비명이 사방에 울려 퍼지고, 그 뒤에서 조선족들은 미소를 지으며 그 장면을 바라보았다.

'제대로 당해 봐라, 종간나 새끼들.'

자신들이 패한 후 그들의 가족에게 적사회가 했던 짓 그대로였다.

자신들이 도망가자 집으로 들이닥쳐 가족을 구타하고 아내와 딸을 겁간했다.

하지만 돌아가면 죽을 걸 알기에 그동안 돌아가지 못했다.

물론 공안이 하는 일이기에 겁간 같은 건 할 수는 없다.

애초에 노형진이 그러한 행위는 강하게 처벌한다고 했으니까.

그러나 그의 머릿속에는 적사회와 친하게 지내던 놈들의 이름이 좌악 나오고 있었다.

"일단 연행해 가시지요. 이러다 죽겠습니다."

조선족은 천연덕스럽게 그들을 말렸고, 적사회의 가족은 질질 끌려서 어디론가 사라졌다.

"그들이 모른다면 아마 아래쪽의 우 씨가 알지도 모릅니다."

"우 씨?"

"죽마고우거든요."

"당장 가지."

공안들은 아직 피가 묻어 있는 몽둥이를 들고 서슬 퍼렇게 말했다.

"이 새끼들을 다 죽이는 한이 있어도 적사회는 박멸한다."

그 말에 조선족 조폭은 속으로 미소를 지었다.

⚖

"일단 적사회는 어느 정도 정리된 것 같군요."

한국으로 나가 있던 노형진은 적사회가 어느 정도 정리되자 다시 돌아왔다.

적사회가 박멸되자 무주공산이 되어 버린 이 지역을 원래 관리하던 조선족 조직이 먹으면서 대충 상황은 정리가 되었다.

"이제 이 지역은 우리가 관리한다."

다시금 지역을 관리하게 된 조선족 조직은 완전히 분위기가 고조되어 있었다.

문제는, 그 고조된 분위기가 그다지 좋은 것만은 아니었다는 거다.

'그렇지. 인간이라는 게 다 은혜를 아는 건 아니지.'

자신을 차갑게 바라보는 조직원들을 보면서 노형진은 속으로 피식 웃었다.

자신들을 구해 줬다고 해서 뭐든 다 해 주려고 한다?

그건 소설 속에서나 나오는 이야기다.

현실은 그런 대상을 더더욱 등쳐 먹으려고 하는 게 인간이다. 하물며 중국인이라면?

'인의예지라…….'

중국이 공자를 자랑하면서 하는 말이다.

하지만 지금의 중국에 인의예지는 없다.

오로지 자본과 권력뿐.

"왜요? 적사회가 박멸되고 나니까 절 쫓아내면 전처럼 마음대로 인신매매도 하고 마약도 하고 막 그럴 수 있을 것 같습니까?"

"뭐라? 우리 무시하니?"

"무시가 아니라, 지금 저를 보는 시선이 딱 그건데요? 저 새끼만 없으면 우리 마음대로 할 수 있을 것 같다는."

노형진은 피식 웃었다.

애초에 중국인은 믿을 수가 없다.

그건 인종의 문제가 아니라 교육의 문제다.

조선족이 한국의 핏줄인 것은 사실이나, 그들은 중국식 교육을 받았으며 중국의 문화 속에서 살았다.

거기에는 애석하게도 은혜 갚음이라는 게 존재하지 않는다.

"물론 그러면 당신들이 마음대로 할 수 있겠지요. 하지만 그렇게 되면 여기에 있는 러시아 마피아가 구경만 할까요?"

다들 움찔했다.

러시아 마피아는 그들에게 공포의 대상이다.

그들에 비하면 개개인의 전투 능력도 부족하고 무기도 부족하다.

물론 러시아에서 활동하는 이들이지만 중국에 못 들어오는 건 아니다.

"당신들은 적사회에 패해서 러시아로 도망쳤지요. 그리고 난 그 적사회를 피 한 방울 안 흘리고 쓰러트렸습니다."

노형진은 그렇게 말하면서 의자에 기대앉았다.

"적사회는 중국의 삼합회 소속입니다. 그들이 이 사실을 알게 되면 어떻게 할까요?"

순간 다들 입을 다물었다.

권력을 잡았다지만 이들은 그저 지역 조폭일 뿐이며 삼합회의 인정을 받지는 못하고 있다.

"보아하니 이쪽은 연좌제가 거의 일상이던데……."

노형진은 차갑게 말했다.

때로는 공포가 그들을 움직이는 힘이 되는 걸 알기 때문이다.

"당신들의 가족의 가격은 얼마나 될까요?"

차갑고 무서운 말.

"웃기지 않습니까, 산 사람보다 죽은 사람이 더 돈이 된다는 게?"

그 이상은 말하지 않았다.

하지만 조선족 출신의 조폭들은 그대로 얼어붙었다.

"이탈리아 마피아나 레드마피아와도 만나 봤고, 야쿠자와도 일해 봤고, 멕시코 갱단과도 일해 봤지요. 일해 보지 않은 건 삼합회 정도겠네요."

즉, 자신이 원한다면 언제든 삼합회에 연락해서 이쪽을 쓸어버릴 수 있다는 소리다.

"전에 쓰시던 그 방검복, 쓸 만하지 않습니까? 생각보다 그게 비싸지는 않아요."

조건이 같아진다면 불리해지는 것은 조선족 폭력 조직이다.

"물론 당신들의 머릿속에서는 나를 여기서 죽이고 묻어 버린다는 가능성도 따지고 있겠지요. 하지만 그러면 내 뒤에 있는 레드마피아들도 죽여서 묻어야 합니다만? 가능하시겠습니까?"

그 말은 레드마피아의 침공을 일부러 일으킨다는 거다.

"원하시는 분은 칼을 들고 앞으로 나서 주세요."

노형진이 말했다.

하지만 누구도 고개를 들지 못했다.

'이런 놈들은 의리로 다스리는 게 아니지.'

조폭 미화물에서는 의리와 충성으로 움직이는 것처럼 표현하지만 그들이 움직이는 방식은 애초에 폭력과 공포다.

'그런 게 가능했다면 폭력 조직들은 죄다 끌고 가서 군인 만들었겠지.'

폭력 조직에 소속되어 있는 놈들을 이용해서 군대를 만들려고 하는 시도는 예전부터 있었다.

군인에게 필요한 공격성이 그들에게 있기 때문이다.

그러나 결과적으로 그건 실패했다.

그리고 죄수병은 2차대전 당시에도 전형적인 총알받이일 뿐이었지 믿을 만한 군대는 아니었다.

이유는 간단하다.

이런 폭력 조직 출신은 규칙과 상명하복을 따르지 않는다.

그들은 오로지 이권만 따지며, 그 과정에서 자신에게 이득이 없다면 언제든 상관에게 칼을 꽂아 댄다.

간단하게 생각해 보자.

전쟁터에서 돌격 명령이 떨어진다면 어떤 일이 벌어질까?

그것도 그 돌격을 감행하면 30%는 무조건 죽는다고 가정하면 말이다.

일반인을 기준으로 만들어진 부대는 그 명령에 따라 돌격을 시행한다.

그게 죽을 수도 있는 일임에도 불구하고 말이다.

그에 반해 범죄자들을 이용해서 만든 징벌 부대는 그 명령을 내린 장교를 죽이고 탈영을 시도한다.

뒤에 있는 다른 부대나 민간인과 상관없이 자신들이 먼저 살아야 한다고 생각하기 때문이다.

그 때문에 징벌 부대는 언제나 총알받이 이상으로는 사용할 수가 없었다.

심지어 소련은 2차대전 당시에 징벌 부대의 뒤쪽에 기관총을 거치하고, 돌아오거나 도망가는 병사들을 쏴 죽이기까지 했다.

"이 작은 세계를 지배하게 되니 전 세계를 지배하는 것 같습니까? 적사회를 없애니까 삼합회도 우스워 보이나요? 그런데 당신들이 이번 싸움에서 한 게 뭐가 있지요?"

없다.

그들이 한 건 오로지 이미 무력화된 적사회의 멤버들을 두들겨 팬 것과 공안에 적사회 관련자들을 밀고한 것뿐이다.

"당신들에게 기회는 이번 한 번뿐입니다. 당신들이 아니더라도 이 지역을 지배할 조직은 얼마든지 있어요. 옆 도시에 있는 조직 이름이 나찰이라고 했던가요? 그들에게 적당한 돈을 주면 충분히 이 지역 정도는 커버해 줄 것 같은데."

위험한 도발이었지만 그 도발에 대꾸하는 사람은 없었다.

결국 그들도 알기는 아는 것이다.

지금이야 승리했다고 좋아하지만, 여기서 버티기 위해서는 노형진의 도움이 필요하다는 것을 말이다.

하다못해 제대로 삼합회에 들어가지 못하면 또다시 한족 출신 폭력 조직이 이 지역을 지배하려고 할 가능성이 높다.

그때는 과거처럼 애매하게 하지는 않을 것이다.

적사회가 어떻게 날아가는지 봤으니까.

공식적으로 적사회를 날린 건 공안이나, 공안에 적사회 관련자들을 제보하고 잡아가도록 한 건 이들이다.

"미안합니다."

결국 그들은 고개를 숙였다.

동포로서의 의리? 조선인으로서의 신념?

그딴 건 없다.

중국은 공산국가이나 동시에 자본주의국가이고, 노형진의 재산은 전 세계적인 레벨이다.

'이미 저들의 자존심은 무너졌다.'

적사회에 한 번 그리고 레드마피아에 한 번.

그래서 노형진이 그들을 고른 것이다.

자존심이 무너진 자들은 통제하기 쉽기 때문이다.

더군다나 거기에다가 약간의 꿀만 더한다면 더더욱 통제하기 좋다.

"좋습니다. 그러면 바로 본론으로 들어가지요. 가족 중에서 공장에서 일할 사람들의 이름을 뽑아 오세요."

"버…… 벌써요?"

"하지만 공장도 없는데요?"

"공장은 없지요. 공장이 없으니 만들어야 할 것 아닙니까? 당연히 그 공사도 여러분들이나 여러분들의 가족이 해야 하지 않겠습니까? 서로 돕고 살아야지요."

노형진은 아까와 다르게 따뜻한 미소를 지었다.

'채찍과 당근이지.'

한번 쓰러진 자존심이다.

분명 저들 중에도 조직에서 나가고 싶어 하는 자들은 있었을 것이다. 다만 허세와 생계가 그걸 막았을 뿐.

'하지만 아직 조직이라는 것도 없지.'

적사회가 사라진 후 이 지역을 통제하게 된 건 저들이 맞지만 그렇다고 해서 개념이 잡혀 있는 조직이 된 것은 아니다.

지금 다른 일을 하게 된다면 그건 이탈이 아니라 그저 취업일 뿐이다.

더군다나 생계를 위해서라는 핑계도 있다.

'사실 갱단의 대부분은 그렇고.'

갱단이 그렇게 세력을 늘릴 수 있는 이유는 간단하다.

먹고살 수가 없으니 빼앗으려고 하는 것이다.

반대로 말하면, 안전하게 있을 수 있다면 누구도 굳이 목숨 걸고 남의 것을 빼앗으려 하지 않을 것이다.

"바로 하겠습니다."

몇몇의 얼굴이 환해졌다.

노형진은 그들을 보며 본론에 들어가기 시작했다.

지금까지 한 일들은 이 지역을 통제하고 북한에서 넘어오는 탈북민들을 돕기 위한 행동이었다.

원래의 의뢰를 수행하기 위해서는 이제부터 슬슬 시작할 일이 넘쳐 났다.

"그러면 남은 분들에게는 다른 일을 부탁하지요."

"다른 일?"

"북한에서 넘어온 북한 주민들. 그들 중 인신매매된 사람들을 찾을 수 있겠습니까?"

"가능할 겁니다."

고개를 끄덕거리는 조직원들.

"집에 들어가서 뒤지는 건 어렵지 않습니다."

적사회는 현재 적이다. 그것도 국가 반역 집단이다.

당연히 도와준다는 명목하에 공안들과 함께 관련자들의 집에 들이닥쳐서 수색하는 게 가능하다.

만일 그걸 막거나 하면 그들은 국가 반역죄로 잡혀갈 테니, 적사회나 그들과 거래했던 자들은 절대 막지 못한다.

즉, 까딱 잘못하면 반역으로 엮일 수 있기에 무조건 조심할 수밖에 없다.

이들이 문을 열어 주지 않고 뭔가 감춘다는 말 한마디면 공안이 와서 문을 부수고 들어갈 테니까.

"미안한데 공안은 안 됩니다."

그러나 노형진은 그 계획에 고개를 흔들었다.

"우리는 그들을 대한민국으로 데려갈 겁니다. 만일 공안이 끼면 분명 그들은 북으로 송환될 겁니다."

그러면 최악의 경우 현장에서 사살될 수도 있다.

최선은 강제수용소로 보내지는 것일 테고 말이다.

"하지만 그렇다고 모든 곳을 다 뒤질 수는……."

"다 뒤질 필요는 없지요."

노형진은 손을 흔들었다.

"당신들이 말한 대로 지금 상황에서는 뭔가 감추는 게 힘들죠."

공안을 부르지 못한다는 거지, 이들이 돌아다니면서 적사회 잔당을 찾는다며 문을 열어 달라고 하면 거부하기는 힘들다.

설사 공안에서 안다고 한들 그들이 뭐라고 할 만한 일은 아니다.

누가 봐도 반역자인 적사회를 찾는 자발적인 행동으로 보일 테니까.

'더군다나 왕리신 같은 경우는 더더욱 입술이 마르겠지.'

왕리신은 이번 사건으로 완전히 찍혔다.

까딱 잘못하면 자리에서 쫓겨날 상황.

'자, 이쯤에서 적당히 자리보전을 하게 해 줘야겠지?'

"당신들이 할 일은 문을 안 열고 버티는 집에 강제로 들어가는 겁니다. 적사회 일원이라고 의심했다고 하면 공안에서도 크게 뭐라고 하지는 않을 겁니다. 그쪽은 분노로 눈이 뒤집어진 상황이니까요. 그리고……."

노형진은 서랍을 열었다.

그러자 거기에서 작은 스피커가 달린 물건이 나왔다.

"이건 뭡니까?"

"당신들이 돌아다니면서 그 집 안의 사람들에게 이걸 틀어 주면 됩니다."

노형진이 버튼을 누르자 한 여성의 목소리가 한국어와 중국어로 흘러나왔다.

—인신매매를 당하신 분들이 있다면 이들에게 도움을 요청하십시오. 국적과 관계없이 도움을 드리겠습니다. 인신매매는 불법입니다. 당신들을 위해 변호사와 인권 팀이 기다리고 있습니다.

"그 말은?"

"대놓고 탈북자라고 할 수는 없으니까요."

이들이 다짜고짜 찾아간다고 해도 그곳에 잡혀 있는 탈북자들이나 인신매매의 피해자들이 이들에게 도움을 청할 수는 없다.

목적을 알지 못하니까.

"하지만 이걸 틀어 주면 어느 정도 이해는 하겠지요."

이들이 이상한 낌새를 보이는 집을 확인하는 것도 방법이지만, 반대로 그들이 도움을 요청하는 것도 가능하다.

"그리고 집 안의 여러 곳을 뒤져야 합니다."

그나마 집 안에서 일이라도 할 수 있는 사람은 괜찮은 거다.

대부분의 탈북 여성들은 일종의 성 노리개 취급을 받으며 집 안에 갇혀 있다.

"잠겨 있는 문이나 토굴 또는 지하실 같은 곳을 꼭 확인하세요. 그런 곳에 사람이 있었던 것 같으면 철저하게 감시하고요. 당장 빼돌릴 수는 있어도 사람을 감춰 둔 흔적까지 바로 없애지는 못할 테니까."

"알겠습니다. 그러면 당신은 뭘 할 겁니까?"

"적당히 인사를 해야 하지 않겠습니까? 우리를 도와줄 사람이 필요하니까요."

노형진은 빙긋 웃었다.

⚖

"왕리신 부총경감님, 오랜만에 뵙습니다."

노형진이 인사를 건넸지만 마주한 왕리신의 얼굴은 창백하기 그지없었다.

"요즘 사정이 안 좋으신 모양이군요."

"그걸 어떻게……. 아니다, 알겠지요. 네, 제 입지가 좀 곤란합니다."

지역에서 반군이 나왔다.

아무리 폭력 조직 수준의 작은 집단이라고 하나, 공안에 대놓고 공격을 가할 만큼 미친놈들이었다.

그러니 그런 놈들을 방치한 왕리신의 입장은 곤란할 수밖에 없었다.

"아니, 이해가 안 가는군요."

"뭐가 말입니까?"

노형진의 말에 왕리신은 한숨을 쉬면서 물었다.

"반역자들이 생겼다는 건 들었습니다. 하지만 그들을 사전에 발견하고 사살했는데 어째서 처벌을 받으시는 겁니까?"

"아…… 음…… 그렇기는 하지요."

왕리신은 애써 변명 아닌 변명을 했다.

자신이 그들을 방치한 걸 노형진은 모른다고 생각하니까.

"하지만 나는 한 지역의 책임자로서 그런 놈들을 미리미리 찾아내야 하는 자리에 있는 사람입니다. 그런데 이번에는 실패했지요. 그게 문제입니다."

"그게 실패인가요?"

노형진은 진짜 모르겠다는 듯 고개를 갸웃했다.

"미리 찾아내서 근절하는 데 성공하지 않으셨습니까?"

"그렇게 볼 수도 있지만……."

애매한 문제다.

사전에 찾아내서 근절한 건지 아니면 그들을 발견하지 못하고 방치한 건지는 결국 정치적인 판단에 달려 있다.

"제가 듣기로는 그다지 규모가 큰 것도 아니었고 일이 터지자마자 바로 박멸을 시작해서 와해되었다던데요."

"음? 거기까지 이야기가 들어갔습니까?"

"저는 마이스터의 대리인이니까요. 중국은 세계의 공장이라고 불리는 만큼 내전의 문제 같은 건 예민하게 받아들여집니다."

그럴듯한 대답에 왕리신은 고개를 끄덕거렸다.

"맞습니다. 확실하게 박멸을 했지요."

왕리신과 그들의 관계를 아는 놈들 중에서 살아남은 자는 없었으니까 그건 사실이다.

"거기에다가 지역의 호응도 아주 높다고 하던데요."

그 지역 주민으로 등록되어 있는 조직원들이 그들을 안내했으니 외부에는 지역 내 호응이 상당히 강해 보일 수밖에 없다.

"그렇기는 한데……."

"그러면 처벌이 아니라 포상을 받아야 하는 거 아닌가요?"

노형진은 모른 척 말했다.

"그게 쉽지 않습니다. 결국 정치적인 문제란 말이죠."

왕리신의 자리는 권력의 핵심 중 하나다.

최소한 이 지역에서는 왕처럼 살 수 있는 자리다.

그렇다 보니 그 자리를 차지하고 싶어 하는 놈들은 넘치는데 그들이 로비를 하지 않을 리가 없다.

'젠장, 이번에는 그게 너무 강해.'

노형진의 말대로 이걸 미처 발견하지 못한 실책이 아니라 미리 발견한 공으로 바꾼다면 충분히 자리를 지킬 수 있겠지만, 그러기 위해서는 어마어마한 돈이 들어간다.

‘돈이 없는 건 아니지만…….’

그가 쌓아 둔 돈이면 충분히 가능하다.

문제는, 그걸 조용히 줄 만한 방법이나 접촉이다.

현실적으로 그에게 중국 정부의 관심이 쏠려 있다 보니 그걸 은밀히 전달할 방법이 없다.

자신에게는 정치적인 문제이지만 중국이라는 국가의 입장에서는 안보의 문제다.

그러니 그가 방치한 건지 아니면 빠르게 발견한 건지 확인하려고 하는 건 당연하다.

“결국 돈이 문제라는 건가요? 적당히 아는 정치인이 없습니까?”

“무슨 말을 하고 싶은 겁니까?”

“원하신다면 적당한 분들을 소개해 드리고 싶어서요.”

“소개요?”

왕리신은 귀가 솔깃했다.

이건 예상하지 못한 말이었으니까.

“사실은 마이스터에서 이쪽 지역에 투자해서 공장을 하나 세우려고 합니다. 농수산물 가공 공장을 세워서 이 지역 농수산물을 가공 판매하려는 것이지요.”

“좋은 생각이군요.”

“그런데…… 아시지 않습니까? 이 지역의 치안이 확보되어야 저도 안심하고 공장을 돌릴 수 있지요.”

말은 그렇게 하지만, 정확하게 표현하자면 이 지역에서 자신들과 손잡을 사람이 필요하다는 거다.

"김성식 변호사님과 함께 온 데에는 그러한 문제도 있었습니다. 납치범 문제도 있지만 그건 김 변호사님 사건이고, 제 담당은 공장이지요."

"흐음?"

왕리신은 묘한 신음을 내며 귀를 기울였다.

그는 눈치가 빠른 사람이다.

그러니 이 자리까지 올 수 있었다.

"나와 손잡자는 말입니까?"

"한국에는 이런 속담이 있습니다, 구관이 명관이라고."

노형진은 그에게 몸을 가까이 하면서 작게 속삭였다.

"여기에 온 사람들이 맨몸으로 올 사람들은 아니지 않습니까? 시간이 지나면 뭐든 가격이 오르기 마련이지요."

쉽게 말해서, 이제는 왕리신이 이 자리에 오기 위해 준 돈보다 몇 배는 더 많은 돈을 줘야 이 자리를 차지할 수 있다는 거다.

그것도 왕리신이 큰 실수를 했을 때 말이다.

"사람들은 자기가 쓴 돈만큼, 아니 그 이상의 이득을 노리기 마련입니다."

그리고 그들이 돈을 뜯어낼 만한 곳은 아마도 이 지역에 몇 개 안 되는 공장일 가능성이 크다.

"하지만 어르신이 여기에 계속 계시면 생각보다는 돈이 안 들 겁니다."

일단 도와준 것도 있고, 왕리신 스스로 몰래 모아 둔 돈도 많을 것이다.

더 높은 곳으로 올라갈 수도 있지만 그건 진짜 위험한 행동이다.

왕리신은 이 지역에서야 왕이지만 중앙 권력으로 가면 아주 높은 급은 아니니다.

그리고 중앙 권력은 까딱 잘못하면 목이 날아가고 부패로 인해 영원히 감옥에 갇혀 버릴 수도 있다.

'하지만 여기서 적당히 해 먹으면 그쪽에서는 크게 신경 쓰지 않지.'

설사 그를 내쫓는다고 해도 그저 정리하는 수준에서 끝나지, 감옥에 보낸다거나 하는 일은 그의 범죄가 확연하게 드러나기 전에는 하지 않을 가능성이 높다.

중국은 부패한 나라다.

하지만 외부적으로 그러한 이미지를 무척이나 부담스러워 한다.

그래서 일단 드러난 사건에 대해서는 어마어마한 처벌을 내리는 경우가 많다.

왕리신의 부패는 아직 드러난 것은 아니니다.

그저 정치적인 문제일 뿐이다.

"자리를 만들어 줄 수 있다 이겁니까?"

"자리만 만들어 드릴 수 있는 게 아니지요."

"네?"

"중국의 영웅으로 만들어 드릴 수도 있습니다."

노형진은 목소리를 낮추며 말했다.

"중국에서 활동하는 여론 조작 업체 몇 곳을 알고 있습니다. 그곳을 통해 조국을 구한 영웅으로 키워 드리지요."

"오호?"

"물론 한 가지 조건이 있습니다."

"조건?"

"이 자리를 지키셔야 합니다. 중앙당으로 가시면 안 됩니다."

왕리신은 잠깐 고민했다.

유명해지고 영웅이 된다면 당연히 중앙으로 가서 더 많은 권력을 가지고 싶어지는 게 인간이다.

그런데 그런 그에게 가지 말라니.

하지만 노형진이 그러는 데에는 다 이유가 있었다.

'뽕을 뽑아야 하니까.'

그가 여기에 있으면 그의 묵인 아래 중국으로 넘어오는 북한 주민들을 도울 수 있다.

그러나 그가 위로 올라가 버리면 새로운 사람이 올 테고, 다시 그자를 길들이는 건 쉽지 않은 일이다.

'최소한 이 자리에 자신의 후임을 박을 정도의 능력이 되

기 전에는 떠나면 곤란하지.'

물론 그렇게 말하면 당연히 왕리신이 싫어할 것이다.

"중국의 영웅으로 떠오르면 총리가 싫어할 겁니다."

그 말 한마디.

하지만 그 한마디에 왕리신은 온몸에 소름이 쫘악 돋았다.

"하마터면 큰일 날 뻔했군."

중국의 현 총리는 지금 독재를 위한 시스템을 구축하고 있다.

거의 완성되어 있으며, 현실적으로 그의 독재를 막을 방법이 없는 게 사실이다.

사실 중국은 독재국가이지만 독재국가가 아니었다.

정확하게 표현하자면 공산당이라는 당이 독재를 하기에 사람이 평생 독재할 수는 없는 시스템으로 되어 있었다.

그 전에는 총리가 된다고 해도 일정 기간 이상은 못 하게 되어 있었기 때문이다.

하지만 현 총리가 자신의 권력으로 그 법을 바꾸며 당의 독재에서 그의 독재로 넘어가고 있다.

그의 현재 권력은 과거 황제 이상이다.

그런 그가 가장 싫어하는 게 바로 떠오르는 신흥 권력자들이었다.

실제로 중국에서 많은 권력자들이 권력을 잡고 그에게 대들었지만 결말은 언제나 패배와 죽음이었다.

"만일 왕리신 어르신이 권력을 잡는 어떠한 형태로라도 움직이려고 한다면 그가 견제할 겁니다."

말이 좋아서 견제지, 그를 싹 털어서 부패 혐의로 형장의 이슬로 사라지게 할 것이다.

"이해했습니다."

왕리신은 고개를 끄덕거렸다.

사실 불만은 없다.

이 자리만 해도 충분히 권력을 누릴 수 있으니까.

"그러면 작업하지요."

"제 도움이 필요하면 언제든 부르십시오."

"감사합니다. 아마 도움이 많이 필요할 겁니다. 일단은 사건을 해결해야 하니까요."

"사건?"

"그렇습니다. 아까도 말씀드렸지만 여기서 해결해야 하는 사건은 두 종류입니다. 하나는 방금 해결된 것 같고, 다른 하나는 납치죠."

"음?"

"여기에 남아 계신다고 하면 그걸 이용하는 게 어떨까 싶습니다."

"이용하다니요?"

"반역자들을 털어 냈고 그들이 인신매매를 한 흔적을 찾아냈다, 그리고 그 기록을 추적하여 인신매매 피해자들을 구출한다. 그림이 나오지 않습니까?"

"확실히……."

잘만 하면 자리를 보전할 수 있을지도 모른다.

"다만…… 탈북자들이 한국으로 가는 건 좀 묵인해 주셨으면 합니다."

"크흠……."

"뭐, 이미 알고 있습니다. 하지만 그들을 잡아서 북한으로 보낸다고 해서 북한에서 돈을 주는 것도 아니지 않습니까?"

그에 반해 확실히 한국의 조직에서는 조금이나마 돈이 나온다.

물론 중간에서 거르고 걸러서 자신에게 올 때는 그다지 많진 않지만.

"그래도 도움이 되는 쪽을 선택하셔야지요. 반역보다는 그게 더 낫지 않습니까?"

반역은 심각한 문제이지만 탈북자 문제는 왕리신이 눈감아 준다고 해도 중국의 중앙당에서 크게 뭐라고 할 만한 문제가 아니다.

애초에 북한은 중국 입장에서도 점점 컨트롤이 힘들어지는 골칫덩어리에 가깝다.

한국에 오는 탈북자의 수가 과거보다 많아진 것은 북한에서 탈북하는 탈북자들의 수가 많아진 탓도 있지만, 중국의 공안에서 검문을 대충 하는 부분도 있기 때문이다.

이 잡듯이 뒤지기는커녕 불심검문이나 신고가 들어오면

대충 단속하는 정도다.

그마저도 약간의 돈을 주면 풀어 주기도 하고 말이다.

"도움이라……."

북한에 보내 봐야 자기 실적으로 잡히지는 않는 탈북민들.

계산은 짧았고 결심은 빨랐다.

"뭐, 어려운 부탁은 아니겠군요."

"그러면 다음에 뵙는 건 공장 착공식 때가 되겠군요."

"그런데 말입니다……."

"괜찮습니다. 공장을 만드는 것에 대해서는 어르신께서 마이스터를 설득한 것으로 하지요."

힘을 키워 줄 때는 확실하게 키워 줘야 한다.

그래야 나중에 써먹을 게 많다.

"고맙습니다."

"고맙기는요. 저도 나중에 도움 받을 일이 많을 겁니다."

노형진은 싱글거리며 웃었다.

적사회는 박멸되었고 공안은 이쪽 편이 되었다.

그리고 그 안에서 노형진의 조직은 빠르게 세력을 확장했다.

정식으로 조직을 만들고 그 지역을 집어삼킨 것이다.

물론 그 과정에서 그 리더는 당연히 친한파이며 노형진에게 우호적인 사람이 하게 되었다.

"덕분에 조직의 보스라는 걸 다 해 보는군요."

보스가 된 오상인은 왠지 기분이 묘해 보였다.

"할아버지가 독립운동을 하기 위해 중국으로 넘어온 후에 다시는 한국과 연이 없을 거라 생각했는데요."

애초에 그는 한국이 아닌 중국에서 태어났고 중국인으로 교육받았다. 하지만 그의 아버지는 그에게 뿌리를 잊지 말라고 교육했고, 그 덕분에 지금의 기회를 잡을 수 있었다.

자신이 한국의 핏줄이라는 정확한 인식을 가진 사람은 일부밖에 되지 않았기 때문이다.

"일을 잘하시면 저희가 더 도와드릴 수도 있습니다."

노형진은 웃으며 말했다.

"그나저나 일은 잘되어 가십니까?"

"소개해 주신 분들과는 적절하게 일하고 있습니다."

노형진은 그들을 인권 운동가들과 연결해 줬다.

탈북자들을 도와주던 사람들은 이제 오상인과 손잡고 일을 진행시키고 있었다.

"하지만 오늘부터 제대로 일해야지요."

"맞습니다. 당분간은 같이 다니겠습니다."

"네? 굳이 노 변호사님이 같이 다녀 주실 필요는 없는데요."

"만일을 위해서입니다. 왕리신을 우리가 통제하게 되었지만 정치인들은 믿는 게 아닙니다."

조폭과 가장 비슷한 게 누굴까? 바로 부패한 정치인이다.

그들을 믿는다는 건 자신의 인생을 내다 버리는 것만큼이나 어리석은 일이다.

"일단 모든 문제는 확인했습니다. 대략적인 위치도 확인되었고요."

"우리 지역 바깥은 어떻게 할 생각입니까?"

노형진이 기습적으로 질문을 던졌지만 오상인은 편하게 말했다.

"그 지역의 조폭들과 손잡고 데려다 달라고 할 겁니다. 어차피 납치해서 인신매매한 사람들이니, 조폭들이 빼앗아서 데리고 온다고 한들 그들은 저항 못 합니다."

도리어 인신매매로 신고하지 않는 게 다행이라고 봐야 한다.

중국은 워낙 인신매매가 심해서 처벌이 어마어마하게 강하기 때문이다.

그저 성욕을 풀기 위해 탈북 여성들을 사 가는 놈들은 설마 문제가 있겠냐고 생각하는 모양이지만, 진짜로 털기 시작하면 아주 심각한 문제가 된다.

"좋은 생각입니다."

노형진은 빙그레 웃었다.

"그러면 우리도 그놈들을 털어 내러 가지요."

오랜 시간 기다린 일을 드디어 할 시간이었다.

⚖

와지끈. 중국식 특유의 목제 문은 저항도 못 하고 박살이 났다.

그리고 그 안으로 조직원들이 우르르 들어갔다.

"뭐야, 너희들 뭐야?"

밥을 먹던 사람들은 다급하게 일어났고, 그중 몇몇 남자들은 다급하게 칼을 꺼내 들었다.

'역시 중국이라고 해야 하나?'

보통은 이런 상황이면 얼어붙어서 꼼짝도 못 할 것 같지만 의외로 남자들은 격하게 저항했다.

그것도 아주 극단적인 방법으로 말이다.

"미친놈들. 그걸로 누구를 잡으려고?"

중국 요리에서 쓰는 도끼처럼 생긴 중식도를 들고 있는 남자들.

그런 그들을 보면서 조직원들은 겁을 먹기는커녕 비웃음을 날렸다.

"지랄하네."

"야."

"저 새끼 조져!"

앞으로 나온 사람들이, 공포에 질려서 칼을 흔드는 남자들에게 그물을 던졌다.

"으아악!"

그물은 생각하지 못한 건지 남자들은 저항도 못 하고 허우적거렸다.

그물에 뒤집어씌워진 이상 저항할 방법도 없었다.

"두들겨!"

저항하지 못하는 그들에게 몽둥이가 쏟아졌고 그들은 순식간에 널브러졌다.

"여기가 맞습니까?"

"맞습니다. 여기 지하에 사설 감옥이 있습니다."

이미 정보를 알아낸 사람들은 노형진을 안내해서 그 안으로 향했다.

"그런데 그물을 이용한 싸움법은 어디서 배우신 겁니까?"

"검투사요."

"네?"

그물을 뒤집어씌우고 싸운다.

그건 의외로 효과적이었다.

아니, 모든 자들이 제대로 저항도 못 했다.

보통 각목이나 쇠 파이프 아니면 칼 같은 걸 이용하던 이들에게 그물을 이용한 근접 전투법은 생소하지만 효과적인 방법이었다.

"로마의 검투사들 중에 레티아리라는 병종이 있습니다."

영어로 친다면 네트 파이터쯤 된다.

"그들의 승률은 절대적이었죠."

그물을 던지고 창으로 찌른다.

아주 단순하지만 아주 효과적인 전투법이었다.

그게 어느 정도였냐면, 실제 기록에서도 가장 압도적인 승률을 자랑하는 게 레티아리였다.

"그 무자비한 능력 때문에 검투사들에게도 일종의 밸런스 패치가 이루어졌지요."

다른 검투사들에게는 갑옷에서부터 투구, 방패까지 많은 방어구가 제공되었지만 레티아리에게는 방어구가 제공되지 않았다.

방어구까지 끼면 아예 싸움 자체가 되지 않았기 때문이다.

"그럼에도 불구하고 그들의 승률은 언제나 압도적이었습니다."

오죽하면 검투사를 전공한 역사학자는 '검투사의 발전은 레티아리와 싸우기 위한 과정이다.'라고 할 정도로 압도적인 능력치를 자랑하는 게 레티아리였다.

"그래서 제가 그물을 가지고 오라고 한 겁니다."

창으로 찌를 수는 없으니 기다란 몽둥이로 때리는 거지만, 그것만으로도 저들이 저항할 방법은 없었다.

"확실히 좋은 방법이기는 하네요."

그물에 뒤집어씌워지는 순간 그가 무슨 무기를 가지고 있다고 해도 그건 무용지물이 된다.

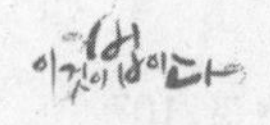

"중국은 검을 만병지왕이라 부른다지요?"

그러나 검은 무난한 무기일 뿐 절대적인 무기는 아니다.

그에 반해 창과 그물을 가진 레티아리는 싸움에서 지면 자신의 목이 날아간다.

"결국 그물과 창이 일대일 전투에서는 절대적이라는 거죠."

더군다나 이쪽은 숫자까지 많으니 당연히 질 수가 없는 싸움이다.

"여기입니다."

그러는 사이에 그들이 도착한 곳은 지하실 입구였다.

"여세요."

그 말과 동시에 조직원들이 도끼로 문을 박살 내기 시작했다. 열쇠를 달라고 해 봐야 주지 않을 건 뻔하니까.

그나마 다행인 건 문이 나무라는 거다.

쇠였다면 두들겨 패서라도 열쇠를 받아야 했을 텐데 말이다.

콰직.

문 전체가 아니라 잠금장치 부분만 부수는 건 오래 걸리지 않았고, 곧 노형진은 문을 열고 안으로 들어갔다.

"음……."

그리고 노형진의 눈에 보인 것은 발에 족쇄를 차고 있는 두 여자였다.

그녀들은 퀭한 얼굴로 구석에 숨어서 부들부들 떨고 있었다.

하긴 누군가 도끼로 문을 부수고 들어오는데 겁을 안 먹을 리가 없다.

"도와드리러 왔습니다. 이쪽으로 나오세요."

노형진을 대신해서 다른 남자가 중국어로 말했다.

그리고 그제야 여자들의 눈에서 눈물이 쏟아지기 시작했다.

"예상대로 중국인 여성이군요."

도망가기 위해 지하실에 가두어 두고 성욕을 푸는 용도로 쓴 게 분명했다.

"공안에 이야기하세요. 그리고 바로 이분들을 구출하죠. 다른 사람들에 대한 조사는 어떻습니까?"

"현재 확인 중입니다. 조만간 조사 결과가 나올 겁니다."

"바로바로 구출하세요. 그리고 아시지요? 중국인들이 우선입니다."

"알고 있습니다."

노형진이 중국인들을 우선으로 한 이유는 간단하다.

현실적으로 이들에게 정당성을 부여하기 위해서는 피해자들이 중국인이어야 한다.

물론 북한 주민이라고 해서 정당성이 생기지 않는 것은 아니다.

'하지만 언론에 나가야 한단 말이지.'

그 말은, 구출된 북한 주민들은 북송이 확정이라는 거다.

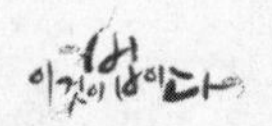

그랬기에 일단은 언론에 노출되어도 괜찮은 중국 사람들 위주로 구출하기 시작한 것이다.

물론 그 과정에서 구출되는 북한 주민은 빼돌려야겠지만.

“족쇄를 풀어야겠네.”

바깥으로 나간 조직원은 잠시 후 열쇠를 가지고 나왔다.

그런 그의 손에서는 피가 뚝뚝 떨어졌다.

그가 족쇄를 풀어 주자 여자들은 부들거리면서 보호를 받으며 바깥으로 나갔다.

그리고 그때쯤 공안이 도착했다.

“이 여자들은……?”

공안은 집 안으로 들어오다가 잡혀서 피투성이가 되어 있는 범인들과 여자들을 번갈아 바라보며 물었다.

“인신매매로, 노예로 잡혀 있던 여자들입니다.”

순간 공안의 눈에서 불이 활활 타올랐다.

기본적으로 중국에서 인신매매는 무조건 사형이다.

“이 개새끼들.”

“아악!”

공안은 인정사정없이 범인들을 두들겨 패기 시작했다.

인권? 변호사? 그런 건 여기에 끼어들 여지가 없었다.

“살려 주세요!”

“살려 줘! 제발 살려 줘!”

비명을 빽빽 지르는 범인들이었지만 누구도 그들이 살아

남을 수 있을 거라 생각하지 않았다.

다만 그들의 장기가 교도소에서 얼마에 팔려 나갈지 생각할 뿐이었다.

⚖

그렇게 몇 건의 구출 작전이 벌어진 후에 왕리신은 자연스럽게 영웅이 되었다.

반역 집단을 소탕하고 그들의 거래 내역을 추적하여 인신매매된 여성들을 구출한 그는 중앙당에 올라가서 직접 치하까지 받으며 자리를 더더욱 확고하게 하는 데 성공했다.

그리고 그사이에 노형진은 조용히 탈북한 사람들을 구할 수 있었다.

물론 문제가 없는 건 아니었다.

중국 사람들을 구매한 놈들은 인신매매 혐의로 처벌이 가능하지만 북한 주민을 거래한 놈들은 그게 불가능했기 때문이다.

물론 그들에 대해 처벌이 이루어지지 않은 것은 아니었다.

정확하게는, 노형진이 아니라 중국의 조직원들이 알아서 처벌했다.

"사…… 살려 주시라요."

"살려? 하? 살려 달라?"

오상인은 비릿한 미소를 지었다.

“네놈은 인륜을 저버렸다. 그러고도 살려 달라는 말이 나와?”

“다시는 안 그럴 테니 살려 주시라요.”

“안 그러는 게 아니라 못 그럴 거다.”

노형진은 살인하지 말라고 했다.

사람을 죽이는 것은 안 된다고 했다.

하지만 오상인은 머리가 좋았다.

노형진의 방식을 보고 바로 해결책을 알아차린 것이다.

중국에서 처벌이 안 된다? 그러면 북한으로 보내면 된다.

“이 종간나 새끼! 빨리 안 넘어가?”

대낮에 두만강을 건너서 북한으로 가라고 등을 떠미는 오상인.

인신매매범의 목에는 북한군이 알 수 있도록 한글로 쓰인 커다란 팻말이 걸려 있었다.

이자는 북조선 인민 여성을 납치한 더러운 놈입니다. 처벌하시기 바랍니다.

차도살인지계라고 했다.

꼭 자신의 손을 더럽힐 필요는 없다.

그 대신에 이들을 북한으로 보내면 되는 거다.

중국에서야 처벌이 안 된다 해도, 북으로 가면 처벌할 수 있다.

왜냐? 북한 주민들을 납치한 건 그들이니까.

"제발…… 제발……."

"어이."

오상인은 눈짓했다.

그리고 남자에게 미친 듯이 몽둥이가 떨어졌다.

"죽이지는 마. 특히 다리는 멀쩡하게 둬야 해. 걸어가야 하니까."

"아악!"

남자는 몸부림을 쳤지만 저항할 수가 없었다.

"가……겠습니다."

결국 가겠다는 말이 나오자 그를 발로 뻥 차는 오상인.

남자는 두만강의 수심이 얕은 곳을 따라 천천히 북한 땅으로 넘어갔다.

그러다 그가 중간쯤 갔을 때 '탕!' 하고 소리가 나면서 그의 주변으로 물이 튀었다.

북한군 초소에서 총을 쏜 것이다.

그러자 남자는 얼어붙어서 중국 쪽을 돌아봤다.

하지만 중국으로 돌아간다고 해도 살 수는 없기에, 그는 어쩔 수 없이 그쪽으로 천천히 넘어갔다.

그에게 다행인 것은 월북자라고 판단한 건지 더 이상의 공격은 없었다는 거다.

그리고 그에게 불행인 것은, 거기에 있는 병사들은 모두 한글을 읽을 줄 아는 사람이었다는 거다.

"아아악!"

저쪽에서 무슨 꼴을 당하는지는 모르지만 그의 비명이 이 너머까지 들려오고 있었다.

"자, 다음 사람. 어서 가지? 오늘 바쁘다."

그러자 목에 팻말을 건 남자는 질질 끌려 나오면서 울상이 되었다.

⚖

"실종된 사람들을 상당수 찾았습니다."

그 지역에서 구출된 북한 여성만 무려 이백 명이나 되었다.

수년간 납치된 사람들이 그 정도다.

아직 찾지 못한 사람들은 계속 찾아야 할 테고, 그건 상당 기간이 걸릴 터였다.

그걸 노형진이 하진 않겠지만 말이다.

그렇다고 해도 여전히 해결할 문제는 남아 있었다.

"근본적인 문제를 해결해야 합니다."

"납치범들 말이군요."

적사회가 이곳을 통제하던 것은 맞지만 모든 납치범들이 다 적사회는 아니었다.

적사회의 묵인 아래에 일하던 놈들도 있었고 몰래 활동하던 놈들도 있었다.

"탈북자들은 무척이나 많으니까요."

하루에 못해도 서너 명은 넘어오는 게 현실이다.

물론 그들이 다 한국으로 오는 건 아니다.

사실 그들 중 대부분은 돈을 벌어서 북한으로 다시 돌아간다.

탈북이라는 것은 절대 쉽지 않다.

물론 중국으로 넘어가는 것도 탈북이지만, 북한은 돈 때문에 그 정도는 아주 심한 처벌까지는 하지 않는다.

하지만 중국을 넘어서 남한으로 가는 순간 가족들은 최소 수용소행이고 최악의 경우 총살이다.

실제로 가족들 때문에 다시 북한으로 가려고 하는 구출자들도 있고, 그런 경우 노형진은 그들을 그냥 보내 주었다.

사람을 구하자고 그의 가족을 죽일 수는 없으니까.

어찌 되었건 탈북자는 한국에 오는 사람들보다 몇십 배는 많고, 그들을 노리는 인신매매범은 아주 바글바글한 상황이다.

"그들이 이 지역에서만 판매하는 게 아니니까요."

물론 이 지역도 농촌이 많아서 많이 판매하기는 했지만, 그들은 중국 전역에 판매해 왔다.

아무리 노형진이라지만 중국 전부를 감시할 수는 없는 노릇.

"결과적으로 이 지역에 있는 납치 업자들을 전부 잡아야 합니다."

인권 운동가들은 말을 하면서도 노형진의 눈치를 살폈다.

그럴 수밖에 없는 게, 어떻게 보면 살려 주니 보따리를 내놓으라고 하는 것처럼 보일 수도 있으니까.

사실 노형진이 이번에 들인 돈이 이들이 준 돈보다 많다.

"확실히 처리하기는 해야겠군요."

하지만 노형진은 이번 사건은 단순히 의뢰라고 생각하지 않았다.

한국인을 돕기 위해 그리고 나라를 위해 나선 것이지, 돈을 보고 나섰다면 애초에 사건을 수임하지도 않았을 것이다.

'문제는, 순찰로는 한계가 있다는 거지.'

이쪽에 숫자가 많다고 하지만 저쪽은 언제 어디서 나올지 알 수가 없다.

그 숫자도 정확하지 않으며, 또한 그들을 처벌할 방법도 애매하다. 죄가 증명된 것도 아니니까.

밤에 운전한다고 해서 그들이 다 납치범은 아니지 않은가.

"개인적으로 납치하는 놈들이 많은가요?"

"많지는 않습니다만……."

그러나 한 명만 납치해도 제법 돈이 되기 때문에 생각보다 있는 모양이었다.

'순찰도 안 되고…… 그렇다고 해서 지키는 것도 안 되고…….'

순찰은 그다지 효과가 없다는 게 드러났다.

일단 공권력이 아니기 때문에 지나가는 차를 뒤질 권한도 없는 데다, 밤에 다닌다고 해서 다 뒤질 수도 없는 노릇이니까.

그 순간 노형진의 머릿속에 좋은 생각이 번쩍 떠올랐다.

"그러면 말이지요, 거꾸로 접근해 봅시다."

"거꾸로요?"

"원래 경찰이 도둑을 찾을 때는 도둑이 아니라 매물을 추적하지요."

그들은 인신매매를 해 왔다.

그러니 그걸 거래하는 놈들이 있기 마련이다.

"우리가 잡은 놈들 중에 아직 북한으로 넘기지 않은 놈들이 있으니까……."

그들을 족친다면 누구에게 샀는지 알 수 있을 것이다.

"그리고 적당히 소문을 내지요."

적당한 가격에 여자를 산다는 소문.

그건 그다지 특이한 일도 아니다. 중국에서 인신매매는 일상이니까.

'공안이 그걸 추적하지 않으니까 문제지.'

사실 공안에서 제대로 작심하고 추적하려고 하면 이런 가짜 소문을 내 가면서 추적하는 것도 방법이다.

하지만 공안은 그럴 의지가 없다.

한국 경찰의 목적이 치안 유지라면, 중국의 공안은 당 권력의 확보가 우선이다.

애석하게도 한국의 경찰 역시 어느 순간부터 특정 정당의 권력 확보를 위해 더 노력한다는 게 문제이기는 하지만.

"탈북 여성들이 시중에서 얼마 정도 합니까?"

"대략 700만 원에서 800만 원 정도 합니다."

노형진은 말이 안 나왔다.

고작 그 돈에 한 사람의 인생이 거래된다는 게 기가 막혔다.

"그러면 1,200만 원 정도 부르세요. 그 정도면 혹하겠지요?"

사람을 물건으로 표현하는 게 기분 나쁘기는 하지만, 어찌 되었건 인신매매의 핵심은 새로운 구매자를 찾는 것이다.

물건으로 치자면 소모성이 있는 게 아니기 때문에 무조건 새로운 구매자를 찾아야 하는 것이다.

"그들에게서 적당한 정보를 알아내는 건 어렵지 않을 겁니다."

"하지만……."

오상인이 뭘 걱정하는지 아는 노형진은 간단하게 말했다.

"탈북하는 대한민국 국민들만 건들지 말라고 하세요."

오상인이 걱정하는 것은 인신매매를 하는 삼합회의 다른 조직들의 공격이었다.

노형진이 사람을 구하기 위해 노력하는 것은 사실이다. 하지만 모든 사람을 다 구할 수는 없다.

노형진은 신이 아니니까.

"중국 내에서 자기들끼리 뭘 하든 신경 쓰지 않습니다. 하지만 탈북민들은 대한민국 국민입니다. 그들을 건드리려면 그만한 각오를 하고 덤비라고 하세요."

물론 삼합회 전부와 싸울 수는 없다.

하지만 탈북민을 거래하는 곳은 그다지 많지 않다.

일단 북한과 접경하고 있다는 조건이 달려 있어야 하는데, 그마저도 가장 큰 조직인 적사회가 박살이 났으니까.

그리고 그 지역을 노형진의 조직이 먹었으니 작은 군소 조직 정도만 남은 셈이다.

'그리고 중국의 삼합회의 성격을 생각하면 그들이 싸우기 위해 결탁할 가능성은 제로지.'

중국인들에게 믿음이라든가 의리 같은 건 한 줌 가치도 없는 게 현실이다. 만일 그런 짓을 하면 공안을 동원해도 되고 다른 조직을 동원해도 된다.

중국인들이 자기들끼리 뭘 하든 상관없다.

중요한 건 한국의 국민들을 지키는 것뿐이다.

"알겠습니다."

오상인은 고개를 끄덕거렸다.

"그러면 금방 해결할 수 있을 것 같네요."

⚖

사람들은 자신들이 하던 일을 자신이 당할 거라고는 생각하지 못한다.

특히나 납치범들은 더더욱 그런 일을 생각하지 못한다.

빠지직.

전기가 튀고 불꽃이 사방으로 튀자 중간 거래책인 오륜은 부들부들 떨었다.

그는 가까스로 정신을 가누며 말했다.

"너! 내 뒤에 누가 있는지 아는 거냐! 조직에서 너희를 가만둘 것 같냐!"

앞에서 배터리를 확인하며 전기 고문을 준비하던 남자가 피식 웃었다.

"네가 어디에 있는지 우리가 어떻게 알았게?"

"뭐?"

"설마 이 바닥에서 뭐 의리니 뭐니 하는 걸 믿는 건 아니지?"

"서, 설마…… 그럴 리가……."

"간단하게 가자. 실종된 북조선 인민들 어디 갔니?"

"나…… 난 몰라……."

"어, 그래. 그럴 것 같았어."

그 순간 그의 양어깨에 배터리와 연결된 케이블이 닿았다.

"끄아아아악!"

오륜은 비명을 질렀다.

그는 꿈틀거리면서 벗어나려고 했지만 온몸이 의자에 결박되어 있어서 도망갈 수도 없었다.

"할 만하지?"

잠깐의 고통이 끝나고 남자는 웃으며 뒤로 물러났다.

“다시 물을게. 어디로 팔았니? 돌려보내 준다고 하면 우리도 곱게 돌려보내 주도록 하지.”

“으어어어.”

“거참, 아새끼. 말을 못 알아들어!”

“끄아아악!”

오륜은 다시 한번 들이닥치는 고통에 몸부림쳤다.

“버티고 싶으면 버티라구. 하지만 곱게는 못 돌아갈 거야. 그러고 보니 이번에 새로 얻은 마누라가 스무 살이라지? 딸이 스물두 살인데 뭔 생각인 거야?”

“으어…….”

“뭐, 가격이 얼마나 될지 두고 볼까?”

“아…… 안 돼……. 안 돼……. 제발…….”

“그러면 제대로 불라구. 어디 갔니, 사람들? 그리고 너랑 거래하는 애들, 어디서 활동하는지 참으로 궁금한데 말이지. 약간의 도움은 줄 수 있겠지?”

오륜의 고민은 짧았다.

어차피 한번 팔아먹고 다시는 본 적이 없는 사람들이다.

어차피 인생 막장인 자들. 자신도 그렇고 이들도 그렇고, 자신에게 사람들을 넘기는 놈들도 그렇다.

“모두…… 말하겠다. 사무실 서랍에 연락처가…….”

⚖

일단 중간 거래처를 족치기 시작하자 범인들을 잡는 건 어려운 일이 아니었다.

범인들은 여기저기 옮겨 다녔지만 결국 몰래 알음알음 팔기 위해서는 중간 거래상이 필요했고, 그들이 범인들과 관련이 있을 건 당연한 일이니까.

'좋은 꼴은 못 본 모양이구만.'

노형진은 가방에 들어 있는 돈을 보면서 히죽 웃고 있는 오상인의 표정을 보고 시선을 돌렸다.

범인들에게 무슨 짓을 했는지는 모르지만 그건 그가 알 바 아니다.

그는 저들의 고객일 뿐이니, 저들이 어떻게 정보를 캐내고 사람들을 구해 왔는지까지는 알 필요가 없다.

"좋습니다. 이렇게만 하시면 되겠네요. 이제 뒷일은 다른 사람들과 하면 됩니다."

"저기, 그러면……."

"공장이 완공되면 구출된 탈북민들을 데리고 오시면 됩니다."

물론 모든 탈북민을 다 도와줄 수는 없다.

남한으로 가고자 하는 사람만 도울 예정이다.

아무리 노형진이라 해도 북한으로 돌아갈 사람들을 도울

수는 없으며 당연히 돈을 주거나 할 수도 없다.

"최소한 인신매매는 당하지 않게 해 주면 됩니다."

"알겠습니다."

오상인은 기분이 좋았다.

잃어버린 구역을 되찾았고 자신들을 쫓아냈던 놈들에게 복수했으며 제법 짭짤한 돈도 벌었다.

게다가 공장이 생기면 그곳에 들어가는 모든 걸 자신들이 관리하기로 했으니, 거기서 수익이 나면 조직을 운영하는 건 어려운 일이 아닐 것이다.

"하지만 잊지 마세요."

노형진은 가방을 챙기며 나지막하게 말했다.

"저는 기회를 두 번 주는 사람은 아닙니다. 당신이 했던 모든 일, 그게 당신에게 다시 돌아갈 수도 있다는 점을 잊지 마셨으면 좋겠습니다."

그 말에 방금 전까지 희희낙락하던 오상인은 자신도 모르게 침을 꿀꺽 삼켰다. 귀에서는 비명이 떠나지 않고 있었다.

"절대 배신하는 일은 없을 겁니다."

"그러기를 빌겠습니다."

노형진은 가방을 들고 그곳을 나가며 차갑게 말했다.

"저는 당신을 아직 믿지 않거든요."

아마도 그런 날은 영원히 오지 않을 거라고, 노형진은 스스로 확신하고 있었다.

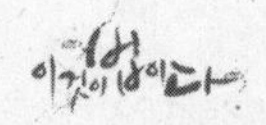

노동자들의 자존심?

두한. 노형진과 악연으로 이어진 기업.

그들은 어마어마한 빚 때문에 휘청거리고 있었다.

전 세계에 방사능에 오염된 철강을 공급하고 그 방사능오염 차량들을 팔아먹은 탓에 모조리 환불해 줘야 했었던 데다, 징벌적 배상을 받아 환불된 모든 철강을 직접 방사능 폐기물로 처리해야 했기 때문에 그들의 상황은 한계를 맞이하고 있었다.

"그래도 용케 버티고 있네."

유민택은 노형진을 불러서 진지하게 말했다.

"그러게나 말입니다. 우리가 요 근래 그쪽으로 신경을 안 쓴 것은 사실이지만 그래도 잘 버티네요. 그런데 단순히 그런 이유로 저를 부르시지는 않은 것 같은데요."

사실 두한과 노형진은 악연이고 싸워야 하는 상대이기는 하지만, 유민택은 약간 별개의 느낌이다.

물론 상황에 따라 두한이 대룡을 이용해 먹은 것은 사실이나 그렇다고 해서 아예 두 그룹이 생사결을 치를 정도는 아니다.

아무리 착하게 살아간다고 해도 각 기업들이 다른 기업을 이용해 먹는 건 어찌 보면 당연한 일이니까.

"제 싸움에 끼어들고 싶으신 건 아닐 테고 결국 두한이 대룡을 도발한 것으로 보이는데, 제가 딱히 들은 건 없습니다만?"

노형진이 고개를 갸웃하며 말하자 유민택이 혀를 끌끌 찼다.

"여전하구먼. 난 아직 아무 말도 하지 않았는데 말이야."

"뭐, 그래야 변호사로 먹고살지 않겠습니까? 그렇지만 이번에는 진짜 이해가 안 갑니다만?"

두한은 워낙 타격이 커서 기업이 휘청거릴 정도다.

한국에서 방사능 물질을 커버할 수 있는 방법이 없기에 중국에 막대한 돈을 주고 집하장을 만들어야 했고, 그 과정에서 어마어마한 땅값을 내야 했으며, 당연히 뇌물도 어마어마하게 뿌려야 했으니까.

"물론 그들도 회장님에게 좋은 감정을 가진 건 아니겠지만 그렇다고 해서 지금이 대룡에 적대적 행동을 할 상황은 아니지 않습니까?"

서열 자체는 두한이 더 높지만 그건 어디까지나 외적인 부분이다.

그러니 두한이 섣불리 대룡을 공격할 이유는 없었다.

"그들이 공격한 건 아니야. 도리어 우리 쪽에서 나서는 거지."

"이해가 안 갑니다만?"

"아직 공개된 건 아니니 자네도 모를 만하지. 하지만 기업들은 각자 내부에 스파이들 하나씩은 품고 있는 게 현실 아닌가?"

두한의 스파이가 대룡에 있고, 대룡의 스파이는 두한에 있다.

그게 현실이다.

"중요한 이야기가 나왔나 보군요."

"두한이 두한자동차를 매물로 내놓을 생각이라고 하네."

노형진은 띵한 표정이 되었다.

그럴 수밖에 없었다.

두한자동차가 어떤 기업인가?

두한의 핵심 기업이며, 두한이 맞아죽어도 놔주지 않을 거라 생각했던 기업이다.

한국에서 70% 이상의 점유율을 자랑하고 있고 그 성능 역시 부족하지 않다.

다만 안전장치에 대해 소홀하게 대하는 버릇 때문에 욕먹고 있기는 하지만, 최소한 차의 성능에 관해서는 세계 평균 레벨 이상의 기술력을 가지고 있다.

그렇지 않다면 수출도 불가능했을 테니까.

“두한이요? 두한자동차를 매물로 내놓는다고요? 잘못된 정보 아닙니까? 아무리 그래도 두한자동차의 가치가 얼만데…….”

“그래. 그런데 그게 문제인 모양이야. 이미 전 세계적으로 두한의 자동차는 방사능에 오염된 차라는 인식이 박혔네. 그게 얼마나 갈 것 같나?”

“아…….”

“못해도 10년은 가겠지.”

당장 두한자동차의 판매량은 어마어마하게 떨어졌다.

미국에서는 징벌적 배상을 처맞았고, 유럽에서는 전량 리콜당하고 있는 상황이다.

심지어 두한철강의 고로가 오염되기까지 했다.

“시간이 지날수록 두한자동차의 피해는 어마어마하게 커지겠군요.”

“맞아. 현실적으로 두한자동차는 심각한 타격을 입었네.”

한때 한국 내에서 70%의 점유율을 자랑했던 두한이지만 현재 점유율은 60% 초반이다.

차량이라는 게 한번 사면 아주 오랜 기간을 사용한다는 점을 감안하면 짧은 시간 내에 어마어마하게 빠르게 가라앉고 있는 것이다.

“그래도 단순히 그 이유 때문에 판다고요? 이해가 안 가는데요.”

물론 빚 같은 게 있을 수는 있다.

하지만 두한의 사업 구조를 보면, 다른 걸 팔면 팔았지 두한자동차를 팔 가능성은 없다고 봐야 한다.

"확정적인 것은 아니야. 하지만 의심스러운 정보는 하나 있네."

"의심스러운 정보라면?"

"현우자동차도 매물로 나온 모양이야. 정확하게는 본사에서 철수를 생각하는 모양이더군."

"네?"

이건 또 뭔 개소리란 말인가?

현우자동차는 두한에 밀려서 그 규모가 작다.

한국에서는 서열이 대략 3위쯤 된다.

좋게 표현해서 3위지, 대놓고 말하면 수입 차를 빼면 꼴찌라는 거다.

애초에 현우자동차는 자동차만 만드는 회사였으나 중국에 팔렸다가 인도로 팔리는 등 문제가 많았던 곳이기도 했다.

"그것을 사려고 하는 모양이야."

"두한자동차를 팔고 현우자동차를 산다라……."

노형진은 턱을 문질렀다.

이게 뭔 병신 같은 짓인가 싶지만…….

"간판 갈이군요."

"내가 봐도 그러네."

두한자동차는 이미 방사능이라는 이름으로 오염되어 버렸다.

아무리 돈을 뿌리고 광고를 해도, 두한이라는 이름에는 최소 10년은 방사능이 따라다닐 수밖에 없다.

"그리고 그럴수록 가치는 떨어지겠지."

그렇다고 이름을 바꾼다?

사람들이 붕어도 아니고, 이름을 바꾼다고 다른 기업이라고 인식할까?

일부는 그럴지도 모르지만 작은 기업도 아니고 두한자동차 정도 되는 곳이 이름을 바꾸는 것만으로 사람들에게 믿음을 되찾기는 힘들다.

그렇잖아도 두한의 이미지는 안 좋았다.

터지지 않는 에어백 문제도 있고 이유 없이 벌어지는 핸들 잠금 문제도 있다.

거기에다 말이 고장력 강판이지, 상대적으로 싼 물건을 쓰는 바람에 타 기업에 비해 안전성이 떨어진다는 지적도 있다.

그래서 두한자동차는 고급 클래스가 아니라 가성비로 쓸 만하다는 것이 전 세계적인 이미지였다.

"그 이미지가 방사능으로 돌이킬 수 없게 되어 버렸으니까."

최소한 두한이 그걸 쥐고 있는 동안에는, 그 이미지는 되돌리기 힘들 가능성이 크다.

더군다나 주요 시장인 미국 같은 곳은 한번 불매가 벌어지면 거의 죽을 때까지 불매하는 성향이 있기 때문에 아무래도

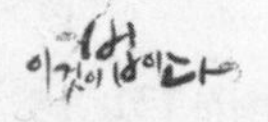

그 문제는 심각했다.

"그러니 간판 갈이를 하겠다는 거지."

아직은 비싼 두한자동차를 팔고 현우자동차를 사겠다는 거다.

"현우자동차의 가장 큰 문제가 뭔지 아나?"

"알지요. 기술력의 부족."

한때 현우자동차는 그래도 기술이 좋았던 곳 중 하나다.

하지만 중국에 넘어간 후에 기술의 발전이 사실상 멈추어 버린 게 바로 현우자동차다.

중국은 거기에 투자해서 새로운 엔진을 만들거나 새로운 기술을 접목하기보다는 그 기술을 빼내는 데에만 집중했고, 그렇게 다 털어먹은 현우자동차를 다시 인도에 팔았다.

인도 역시 나름 투자를 한다고 했지만 주요 목적은 현우의 기술이었다.

아무리 현우의 기술이 나쁘다고 하지만 인도의 자동차 기술과 비교할 수 있는 수준은 아니었으니까.

"현우자동차는 두한자동차에 비하면 못해도 10년 정도는 성능이 떨어지지."

"하지만 그건 두한이 넘겨받으면 해결될 테구요."

노형진은 턱을 문지르며 말했다.

"두한의 가장 강력한 무기는 전국 서비스 체계니까……."

두한이 인기가 있는 이유는 간단하다.

무슨 고장이 나든 쉽게 A/S가 가능하기 때문이다.

노형진이 성화의 수입 차 라인을 공격할 때 A/S 라인을 노렸었다.

한국에서 그러한 서비스는 아주 중요한 핵심 요소 중 하나다.

"아마도 두한이 매각되는 순간 전국에 있는 모든 두한의 서비스 센터는 간판을 떼고 새로운 간판을 달겠군요."

"그러겠지."

그러면 일시적으로 두한 서비스는 종료되고, 사람들은 그 불편함 때문에 다른 차량들을 사려고 할 것이다.

"그리고 상대적으로 저렴한 곳이 바로 현우죠."

더군다나 그 많은 서비스 센터가 모조리 현우로 바뀐다면 그때는 그 존재 자체가 광고가 되어 버린다.

"사업을 할 때 이런 말이 있지. 한 번 정점을 찍어 본 자들은 두 번째는 쉽다고."

"그건 뭐든 마찬가지일 겁니다."

지금이야 현우가 3위라지만 두한의 기술을 접목하고 완벽하게 깨끗한 이미지로 새로 시작한다면 미래의 가치를 생각하면 사실 더 나을 수도 있다.

두한이라는 이름은 이미 오염되어 있으니 그걸 바꾸는 것보다는 말이다.

"물론 다른 자가 사면 두한도 이름을 바꾸겠지만, 한국에서야 알아도 해외에서는 그다지 그 사실을 알지 못하겠지."

"흠……."

노형진은 턱을 문질렀다.

분명 그 점도 유리한 것이 있다.

그리고 현실적으로 말한다면, 두한자동차와 현우자동차는 일단 가격경쟁에서 싸움이 안 된다.

현우자동차는 성능이 떨어지는 것은 사실이나 그만큼 가격이 싸다.

기술이야 이미 있으니 추가로 돈이 들어갈 일은 없을 테고 말이다.

아마도 두한의 거래 업체들 역시 그쪽으로 넘어갈 테고, 두한자동차는 몰락하고 현우자동차는 성장하기 시작할 것이다.

"가격도 문제고……."

분명 문제다.

하지만 그러한 모든 점을 감안한다고 하더라도 두한자동차라는 매물은 아주 먹음직스러운 게 사실이다.

제대로 삼킬 수만 있다면 말이다.

"그걸 인수하고 싶으신 거군요."

"우리가 해외에서 수입 중고차를 들여다 팔고는 있지만, 규모가 있으니 좀 더 크게 팔아도 되겠지. 서비스 시스템은 만들어 놨으니까."

기업 간의 인수 전쟁. 그건 단순히 기업 간의 문제만은 아니다.

수많은 법률과 조건을 따지는 변호사들끼리의 전쟁이기도 하다.

특히 두한의 두한자동차 같은 경우는 그 규모가 어지간한 대기업만큼이나 크기 때문에 아무리 전보다 못하다고 하지만 아까운 것은 사실이다.

"그래, 이미지는 나중에 이름을 바꾸고 홍보를 하면 되니까."

주인은 그대로고 이름만 바꾸면 그다지 효과가 없지만 주인이 바뀌고 이름도 바뀌면 그럭저럭 효과가 발휘될 것이다.

"하긴…… 대룡 입장에서는 쓸 만하겠네요."

일단 대룡은 수입 차 수리 서비스를 하고 있다.

원래는 성화와 싸우면서 만든 계열사지만, 생각보다 돈이 더 되는 편이었기 때문에 계속 유지해 왔다.

"설사 두한에서 수리 센터를 빼 간다고 해도 어느 정도는 커버될 걸세. 그리고 수리 센터를 다 빼 갈 수도 없을 테고."

아무리 두한이 현우자동차를 인수한다고 해도 갑자기 국민들의 모든 차가 바로 현우자동차로 바뀌는 건 아니다.

수리 센터를 유지하기 위해서는 결국 차량 점유율이 높아야 한다.

두한 서비스센터가 한꺼번에 현우로 바뀐다면 그들의 먹고사는 문제가 불투명해진다. 현우자동차의 점유율은 바닥을 기니까.

갑자기 현우자동차의 수리 센터가 늘어난다고 해도 정작

수리할 차가 없으면 그들은 다 굶어 죽는 셈이다.

"그러면 저한테 원하는 건 투자와 관련된 건이군요."

"그러네. 하지만 그것만은 아니야. 사실 그것보다 더 큰 문제가 있네."

"네?"

"이미 우리가 가진 투자 여력은 충분해. 물론 컨소시엄 형태로 외부의 자본을 받아들이기는 해야겠지만 어쨌거나 우리가 못 살 건 아니네."

이미 그와 관련해서는 파다하게 소문이 나 있는 상황이라, 어지간한 기업들은 대부분 같은 고민을 하고 있었다.

두한자동차를 살 것인가, 아니면 방치할 것인가.

"정부에서는 당연히 우리 쪽을 편들어 주겠지."

아무리 오명을 뒤집어쓴 상황이라고 해도 두한자동차가 해외에 매각되는 걸 국가에서 좋게 볼 리가 없다.

"그러면 뭐가 문제인가요? 구입 이후에 하는 광고 같은 건 제 영역이 아닌데."

"지금 그걸 구입하는 데 있어 가장 큰 문제는 노조일세."

"노조요?"

"그래. 두한자동차 노조, 자네도 알지?"

"알다 뿐이겠습니까? 아주 골치 아파지겠네요."

노형진은 머리를 절레절레 흔들었다.

두한자동차 노조는 강성 중의 강성이니까.

노조라는 것은 기본적으로 말하면 노동자의 권익을 위해 존재하는 조직이다.

합법적인 파업 등을 통해 노동자의 이익을 대변하는 것이 바로 노조다.

노조가 없던 시절, 사람이 고기 분쇄기에 떨어져 갈려 나가도 공장을 멈추지 않았다는 소문이 돌 정도로 노동자의 권리는 바닥을 기었다.

노조가 생기고 그들이 노동자들의 권익을 챙기기 시작하면서 그나마 노동자들의 인권이 존중받게 되었다.

그래서 보수와 기업인들은 노조를 싫어한다.

더 착취할 수 있는데 못 하니까.

하지만 모든 빛에는 그림자가 있는 법.

노조가 어느 순간 권력화되어, 노동자가 아니라 자기들만 잘 먹고 잘살면 된다고 생각해 그 권력을 기반으로 정치에 관여하기 시작하면서 문제가 생겼다.

그리고 두한의 자동차 노조는 그러한 노조 중에서도 강성으로 유명했다.

강성 노조란 회사 측과 무조건 싸우는 성향의 노조를 뜻한다.

좀 독하게 말하면 기업이 망하든 말든 자기들의 이득이 우선인 부류다.

"한국에서 두한자동차 같은 강성 노조는 흔하지 않지요. 거의 톱클래스일 겁니다."

"그래. 회사에서도 그 이야기가 나왔네. 그들을 그대로 흡수하면 배보다 배꼽이 큰 격이라고, 차라리 그만두는 게 낫다고."

왜냐? 그들의 요구에 맞춰서 모든 복지를 다 해 주면 다른 공장들도 다 해 줘야 한다.

물론 좋은 거라면 해 주면 된다.

문제는 회사의 능력치 이상을 요구하는 경우도 많다는 거다.

"두한자동차 노조는 20년간 매해 파업을 했네. 단 한 번도 파업 없이 넘어간 적이 없지."

매년 월급을 올려 달라고 파업하고 매년 새로운 요구 조건을 달고 파업한다.

사실 파업까지 갈 이유도 없는 주제를 가지고도 파업을 유도한다.

"그게 문제가 많지요. 사실 두한자동차의 악평에는 그들이 요구하는 게 너무 많다는 것도 일조하고 있습니다."

"그래. 그래서 자네에게 묻고자 하는 거야. 두한자동차의 문제를 어떻게 해결할 것인가. 만일 노조를 해결할 수 없다면 우리는 깔끔하게 손을 터는 게 나을 수도 있네."

"흠……."

노조가 노동자를 위해 뭔가를 하는 건 당연하다.

그러나 그 과정에서 기업과의 상생 없이 일방적인 이득만을 바라면 주객이 전도된다.

당장 두한자동차의 악평 중 하나가 바로 안전장치를 너무 허술하게 설계한다는 것이다.

그 이유는 무척이나 단순한데, 이익의 규모가 너무 작기 때문이다.

매년 노조의 요구에 따라 월급을 올려 주고 노조에서 요구하는 새로운 혜택을 만들어 준다.

그렇다 보니 들어오는 돈은 뻔한데 나갈 돈은 많아진다.

그걸 메꾸기 위해 하청을 후려치고, 그러면 당연히 제품의 질은 떨어진다.

두한 노조에 속해 있는 직원의 평균 연봉은 1억 2천만 원.

그런데 두한자동차에 납품하는 공장들의 평균 연봉은 2,800만 원에서 3,200만 원.

무려 세 배에서 네 배 가까이 차이가 나는 것이다.

"지금 공식적으로 노동조합에 속해서 실제로 근무는 하지 않는 사람들이 얼마나 되는지 아나?"

"네? 그게 무슨 말입니까?"

"노조에서 말일세, 모든 사람들이 근무를 할 필요는 없지."

사실 그건 불가능하다.

작은 기업이라면 몰라도, 두한자동차 같은 규모가 되면 노조의 행정 업무만 전담으로 하는 직원이 필요하다.

그래서 그들은 직원으로 등재되지만 그들의 정상 업무는 자동차의 제작이 아니라 노조 업무가 된다.

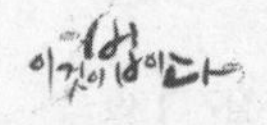

"몇 명인데요?"

"이백스무 명일세."

"네? 잠깐만요, 이백스무 명요? 그들이 전부 노조의 전담 근무 직원이라고요?"

"그러네."

"너무한 거 아닙니까?"

한 사람당 1억만 잡아도 연간 220억이다.

그런 식으로 운영하는 기업은 없다.

"이런 기업들의 기본적인 조건은 말이야, 당연히 고용 승계야. 자네도 알다시피 말이지."

그리고 일단 넘겨받으면 그들이 뭔 짓을 할지는 너무나 뻔하다.

"똑같이 행동하겠지."

툭하면 파업하면서 공장을 정지시키고 돈을 요구할 것이다.

노동자를 위한 노조 활동이 아니라 자신들의 권력과 이권을 위해 말이다.

그런 자들을 귀족 노조라고 표현한다.

"두한이 귀족 노조인 건 저도 잘 아는데요."

"그래서 자네를 부른 거야. 우리가 그곳을 사기 위해 여러 가지 준비를 하고 있지만 그들이 존재하는 한 그곳을 살 사람은 없네."

"해외 라인은요?"

"해외 기업들의 반응 말인가?"

"다른 기업들이 욕심을 내지 않을 리가 없는데요."

"없는 건 아니지. 하지만 대충 그들의 조건은 '고용 승계는 인정하지 못한다.'야."

"우리도 그 조건을 따라가면 안 되는 겁니까?"

"그게 되겠나? 그들이야 대한민국 국민들은 신경 쓰지 않아도 되는 외국인들이지만 우리는 아니야."

대룡이 고용 승계를 하지 않는다고 하면 국민들은 더러운 기업이라고 욕하기 시작할 것이다.

아무리 좋은 이미지를 만들어 두면 뭐 하나, 하나 틀어지면 걸레짝이 되는 건 순식간인데.

"다른 법률적인 문제는 우리 법률 팀에서 알아서 할 수 있네. 필요하다면 새론에 의뢰해도 되지. 하지만 이 노조 문제는 예민해."

노조 파괴라는 것은 한국에서도 욕먹는 행위 중 하나다.

대룡이 그들을 파괴하려고 덤빌 수는 없는 상황이다.

"더군다나 아직 기업이 넘어온 것도 아니지 않습니까?"

"그건 그렇지. 그래서 더 애매한 문제야."

넘어온 후라면 수라도 써 보겠는데 아직 넘어오지 않은 상황이다.

아니, 애초에 협상도 시작되지 않았다.

그런데 전문가 팀에서는 노조의 문제를 해결하지 않는다

면 구입해 봐야 도리어 손해라는 의견을 제시하고 있다.

"이제 내가 자네를 왜 불렀는지 알겠지?"

"진짜 기가 막히는군요."

노형진은 긴 한숨을 내쉬었다.

"노조 파괴는 제 취향이 아닙니다만……."

"하지만 이들은 선을 넘었어."

유민택의 말에 노형진은 인정할 수밖에 없었다.

"선은…… 확실히 넘었네요."

⚖

"어이가 없군."

사실 노형진은 두한 노조에 대해 그다지 관심이 없었다.

다른 기업의 일이고, 그 기업에서 노형진에게 의뢰를 맡길 일은 없었을 테니까.

그 때문에 지금까지는 자세하게 알아볼 생각도 하지 않았다.

그러다가 이번에 여러 가지를 알게 되자, 노형진은 혀를 끌끌 찼다.

"장난하자는 것도 아니고."

두한 노조의 행동은 유민택의 말마따나 선을 너무 많이 넘었다.

일단 월급이야 인정할 수 있다.

자신이 노력한 만큼 가지고 가는 게 바로 자본주의고, 그들이 1억을 가지고 가든 10억을 가지고 가든 본인들 스스로가 그 이상의 수익을 기업에 준다면 상관없다.

상식적으로 기업에 연 10억의 이익을 안겨 주는 사람에게 월급 300만 원 주며 데리고 있으려고 한다면 그 기업이 미친놈인 거다.

"그런데 이들은 그게 아니네."

"노조원 1인당 기대 수익 2억 2천만 원이라……."

연봉이 1억인데 노조원의 기대 수익이 2억 2천만 원이다. 원가를 생각하면 도리어 마이너스라고 봐야 한다.

"더군다나 복지 문제도 심각하네요."

복지라는 것은 노동자에게 적당한 휴식과 여러 가지 혜택을 줌으로써 꼭 월급 때문이 아니더라도 그 기업에 종사할 수 있게 하는 것을 말한다.

그런데 이건 복지가 아니라 왕이었다.

"파견 또는 계약직 노동자와는 별도의 식사라니."

간단하게 말해서, 파견이나 계약직 노동자와는 먹는 장소와 먹는 것을 완전히 다르게 해 달라는 거다.

"뭔 노예랍니까? 뭐, 천한 노비와 더러워서 겸상 못 한다 이건가요?"

무태식도 어이가 없다는 듯 말했다.

"기가 막히네요."

그것만 해도 어이가 없는데, 음식의 질도 어마어마하게 차이가 난다.

정규직이라고 불리는 노동자들, 즉 두한자동차 노조에 속한 사람들이 먹는 식당은 여러 곳에 있다.

그래서 근처에 가서 먹으면 된다.

음식은 한식, 양식, 중식 그리고 라면 등 원하는 대로 먹을 수 있다.

그에 반해 비정규직 노동자들이 갈 수 있는 식당은 그 숫자가 많지 않았다.

그래서 먼 곳은 거의 20분을 걸어가야 도착할 수 있는데, 메뉴마저도 단일 메뉴다.

쉽게 말해서 한쪽은 뷔페인데 한쪽은 군대의 짬밥인 셈이다.

"편도 20분이라면 시간이 많이 부족할 텐데요?"

점심시간은 1시간. 왔다 갔다 40분이니 제대로 밥을 먹을 수 있는 시간은 고작 20분뿐.

더군다나 기록에 따르면 인원에 비해 테이블 수가 부족해서 먹는 시간도 모자라 1인당 평균 식사 시간이 10분 내외다.

이 정도면 그냥 퍼마셔야 한다는 소리다.

"거기에다가 취업 문제도 그렇고요."

사람을 뽑는 건 기업의 책임이다.

그런데 그들의 요구에 따라 최종 인사권자는 노조다.

즉, 노조에서 인정하지 않은 사람은 취업 자체가 불가능한 구조다.

"거기에다 노조원의 자녀가 취업하는 경우 가산점이 10점이라니? 0.1점 차이로 수백 명이 떨어지는데."

더군다나 그 면접이라는 것도 결국 노조에서 하는 형태로 되어 있다.

그리고 10점의 가산점이라면 어지간한 학력 차이쯤은 쉽게 넘어갈 수 있는 정도의 점수다.

"사실상 고용의 위를 승계한다는 것이 맞겠군요."

아무래도 정형화된 기업이다 보니 신규 채용은 그다지 많지 않다.

그런 자리마저도 이런 식으로 빼앗긴다면 결과적으로 노조원의 자식이 아니라면 해당 기업의 취업은 불가능하게 된다.

"공식적인 게 이 정도라니."

공식적으로 두한에서 제공하는 것만 이 정도다.

하지만 비공식적인 혜택을 살피면 더한 것을 볼 수 있다.

일단 차량 가격을 원가에 주는 건 당연하고, 오로지 정규직 직원의 자녀에게만 학비를 지원하며, 심지어 전용 펜션을 빌려서 정규직들에게 휴가 장소로 제공하기까지 한다.

심지어 정규 직원에게는 개개인에게 주차장을 따로 제공하기까지 해야 했다.

그렇다 보니 비정규직은 현실적으로 출근할 때 자신의 차를 가지고 올 수가 없었다.

주차할 곳이 없기 때문이다.

"문제는 비공식적인 거군요."

노사 합의에 의한 게 아니라 사실상 노조에서 마음대로 하는 것을 제대로 통제 못하는 것도 많다.

가장 대표적인 예가 바로 근무시간.

"현실적으로 두한자동차의 업무 대부분은 비정규직이 하고 있네요."

두한자동차에서 정규직과 비정규직의 비율은 2 : 8이다.

정규직이 2, 비정규직이 8.

그런데 근무 비율을 확인하면 정규직이 1, 비정규직이 9 수준이다.

정확한 것은 아니지만, 그곳에서 근무하다가 나온 비정규직의 일반적인 증언에 따르면 그렇다.

"자신들이 정규직이니까 마음대로 놀아도 어떻게 못 한다는 걸 아는 거죠."

만일 그걸로 뭐라고 하면 노조에서 기업에 압력이 들어간다는 것이다.

그렇다 보니 조금이라도 힘든 부분은 무조건 비정규직의 영역으로 들어갔으며, 정규직들은 편한 일들만 한다.

원칙적으로는 동일노동동일임금이 적용되어야 하는데 말이다.

더 큰 문제는 일자리의 거래다.

쉽게 말해서 취업하고 싶다면 노조에 돈을 내야 하는 것이다.

그 돈이 무려 2억이다.

연봉이 1억에서 1억 2천이라지만 최소한의 생활비를 빼고 나도 거의 3년을 모아야 하는 돈이다.

그러나 일단 들어가고 나면 느긋하게 돈을 벌 수 있어서 거의 철밥통이나 마찬가지이기에 들어가고 싶어 하는 사람들은 많았고, 그 사람들이 노조에 알음알음 돈을 줘 가면서 취업을 했다. 그리고 악순환이 계속되었다.

돈을 줬으니 자신들은 상관이라고 생각하는 거다.

그리고 그 돈이 아까우니 어떻게든 받아 내려고 하고.

정상적인 서민은 2억이나 되는 돈을 내고 들어갈 방법이 없으니 돈 있는 집 자식들만 그나마 나는 자리에 돈 내고 들어가는 것이다.

"왠지 국회를 보는 것 같네요."

혜택은 많지만 책임은 안 지고 일도 안 하는 국회.

그게 딱 두한자동차의 노조와 똑같아 보였다.

"그나저나 이 문제는 심각하군요."

두한자동차 직원의 대부분이 비정규직이다.

그런데 그 비정규직에 대한 정규직, 즉 노조원들의 탄압이 상상 이상이었다.

"이런 사건이 있는 줄은 몰랐습니다."

대표적인 예가 바로 비정규직의 무기 계약직화 부분이었다.

비정규직의 가장 큰 문제는 바로 계약 기간이 끝나면 해직당한다는 거다.

원래는 법적으로 일정 기간 이상 동일 업무를 수행하면 정규직화하도록 되어 있다.

그러자 기업들은 꼼수를 부려서 딱 그 전날에 자르는 방식으로 비정규직을 유지했다.

그래서 그 문제에 대해 비정규직 노조가 탄생하고, 정규직 노조에 협조를 요청했다.

아까도 언급했지만 노조의 목적은 노동자의 보호에 있다.

그러나 정규직 노조는 시위하던 비정규직 노동자들을 폭행하는 것으로 화답했다.

이유는 간단했다.

그들이 일하지 않음으로써 그들이 하던 일까지 자신들이 하게 되었다는 것이다.

문제는 정반대의 경우, 즉 정규직 노동자들이 파업하는 경우 비정규직 노동자들이 그 일을 하면 그때도 폭행한 기록이 있다는 것이다.

자신들의 일을 대신함으로써 파업의 효과를 깎는다는 이유였다.

그리고 그런 경우 대부분 그들은 그 시위가 끝나자마자 해직되었다.

그들이 계속 일하면 파업을 풀지 않겠다고 겁박한 것 때문이었다.

"이건 노조가 아니라 그냥 귀족이라고 표현하는 게 맞겠네요."

노형진은 기록을 보면서 혀를 끌끌 찼다.

딱 맞는 말이다. 이들은 귀족이다.

"그런데 이들을 와해시킬 수 있겠습니까?"

"가장 좋은 건 고용 승계를 하지 않는 건데 말이지요."

"그러면 좋겠지만 그건 불가능할 겁니다."

정부에서 요구하는 최소한의 조건이 바로 고용 승계다.

기업을 사고파는데 왜 국가의 승인이 필요하냐고 할지도 모르겠지만, 이런 대형 기업들은 국가의 자금이 안 들어갈 수가 없다.

특히나 한국의 연금은 주식시장에서 어마어마하게 큰 손이다.

기업은 회장의 것이 아니라 주주의 것이다.

주주로서 반대표를 던진다면 당연히 기업의 판매는 실패하게 된다.

"현 상황에서는 뭔가를 바로 할 수는 없겠네요."

결국 판매가 시작되어야 자신들이 할 수 있는 일도 생긴다.

"당분간은 두고 보죠. 판매가 시작되면 뭐든 조건을 붙여 볼 수 있을 겁니다."

노형진은 진지하게 말했다.

⚖

얼마 후 두한은 소문대로 두한자동차의 매각 결정을 공고했다.

워낙 큰 기업이기 때문에 사방에서 관심을 가지기 시작했다.

그중에는 해외 기업도 있고 국내 기업도 있었다.

물론 두한자동차가 워낙 덩치가 있다 보니 국내 기업은 대룡을 제외하고는 재계 1위인 신성뿐이었다.

"조건은 기밀이라고 하더군."

조용히 유민택의 회의실로 찾아간 노형진은 그동안 모인 정보를 확인했다.

"하지만 몇 가지는 정보가 흘러나왔네. 일단 대부분의 기업들이 노조의 고용 승계 조건을 부정적으로 보는 눈치야."

"당연하지요. 두한자동차의 노조 문제야 뭐 하루 이틀 일이 아니니까요."

그들의 행동은 전 세계에서도 악명이 높았으니까.

심지어 모기업인 두한이 방사능 자재 때문에 전 세계에서 소송당하고 기업이 휘청거릴 정도로 징벌적 배상을 맞은 상황이던 작년에도 그들은 파업을 했다.

"아마도 그 건이 타격이 크지 싶네만."

금전적인 타격이 문제가 아니었다.

이미 재고는 잔뜩 쌓여 있는 상황이다. 방사능 차량이라고 소문이 난 물건을 사고 싶어 하는 구매자는 없으니까.

그런데 두한자동차의 노조는 결국 파업을 결행했다.

아마도 그러한 행동에 두한이 질려 버렸을 가능성이 높았다.

어차피 노조를 계속 데리고 가면서 이 상황에서 흑자를 내는 것은 불가능하니 팔아 버리겠다는 거다.

"결국 이권에 눈이 멀면 '동행'의 의미를 까먹는 거죠."

기업이 있어야 노동자가 돈을 벌 수 있으며, 노동자가 있어야 기업이 돈을 벌 수 있다.

그런데 그들은 그걸 잊어버렸다.

그러니 두한 입장에서는 차라리 처분하는 게 나을 거라는 생각을 할 것이다.

"해외 기업들 역시 욕심을 내기는 하는데 말이지."

이미 한국의 기업을 해외에 매각한 적이 있기 때문에 해외에 팔리는 것도 그다지 이상할 일은 아니다.

"다만 역시나 해외의 조건들은 고용 승계를 하지 않겠다는 거야."

"신성은 뭐라고 하던가요?"

"그쪽 역시 탐탁잖게 생각하고 있네."

"흠……."

노형진은 턱을 문질렀다.

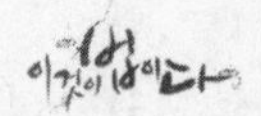

확실히 문제가 될 만한 상황이다.

"우리가 이 상황에서 고용 승계를 한다고 하면 아마 구입은 가능할 걸세."

"하지만 그건 멍청한 짓입니다."

멍청한 짓일 수밖에 없다.

그들이 바보라서 탈락 위험을 감수하고 고용 승계를 거부하는 게 아니다.

그랬다가는 분명 문제가 되기 때문에 안 해 주는 거다.

"그러면 이쪽도 그 조건으로 가면 되겠네요. 금액적인 건 내부에서 결정하실 부분이니 제가 판단할 만한 일은 아닌 것 같고요."

"가능하면 가격을 낮춰야지."

"가격을 낮춘다라……."

노형진은 잠깐 생각에 빠졌다.

가격을 낮추면 확실히 대룡에 유리하다.

문제는 그만큼 가치가 있는 두한자동차의 가격을 어떻게 낮추느냐는 거다.

현실적으로 거의 모든 게 드러나고 있는 상황에서 가격을 낮추는 건 쉽지 않을 것이다.

"흠……."

노형진은 고민하다가 갑자기 머릿속에 좋은 생각이 들었다.

그리고 머리가 팽팽 돌기 시작했다.

"그러면 정보를 좀 흘리시는 건 어떨까요?"

"정보? 어떤 정보?"

"지금 두한자동차의 노조 상황은 어떤가요?"

"아직은 반응이 없네. 그들도 당혹스럽겠지."

영원히 뜯어먹을 수 있을 거라고 생각한 기업이 갑자기 손 털고 나간다고 하니 어쩔 줄 몰라 하는 것이다.

"그렇다고 해도 이미 늦었으니 어떻게 되는 것도 아니고."

"맞습니다. 그리고 사람은 고쳐 쓰는 게 아니라고 하지요."

물론 모든 사람이 안 고쳐지는 것은 아니다.

하지만 천 명 중 한 명이나 고칠 수 있을까?

나머지는 절대 고쳐지지 않는다.

"그들을 자극하시지요."

"자극?"

"소문을 내는 겁니다. 모든 기업이 고용 승계를 거부하기로 했다고."

"그런 소문을 왜 낸단 말인가?"

"권력자들은 언제나 같습니다. 자신의 권력을 잃어버리기를 싫어하지요."

"그래서?"

"만일 고용 승계가 이루어지지 않는다는 걸 알면 그들은 어떻게 대응할까요?"

노형진의 말에 이어진 유민택의 고민은 짧았다.

그런 경우는 제법 흔했으니까.

"파업하겠군."

"정답입니다."

그들은 어떻게 해서든 고용 승계를 이루려고 할 것이다.

문제는, 노조라고 해도 그 건에 대해서는 아무런 능력도 없다는 것이다.

기업의 매각은 주주와 상대 기업의 거래지 노조에서 터치할 수 있는 영역이 아니다.

그들은 취업까지 허락받으라는 식으로 이야기했지만 아무리 그들의 힘이 강하다고 해도 그들은 주주가 아니며, 그들의 힘으로 매각을 막을 수는 없다.

"그러면 방법은 하나뿐이지요."

그들이 가장 잘 써먹는 방법.

가장 확실하게 피해를 강요할 수 있는 방법.

"바로 파업입니다."

파업에 들어가면 공장은 멈춘다.

물론 파업 기간에는 그들의 월급 또한 주지 않아도 된다.

하지만 공장에 들어가는 기본적인 돈은 월급만이 아니다.

"기업이 흔들리고 문제가 많을수록 가격은 더 떨어집니다."

그리고 그들은 아주 심각한 문제를 일으킬 것이다.

"그 부담 때문에라도 두한은 한시바삐 정리해 버리고 싶겠군."

파업이 1~2년씩 갈 수도 있다.

당연히 기업의 가치는 점점 떨어진다.

그리고 상대방은 그걸 기다릴 수도 있다.

"그러면 이쪽에 유리한 포지션에서 거래할 수 있을 겁니다."

"그건 우리뿐만 아니라 다른 곳도 마찬가지인데?"

"중요한 건 일단 가격을 낮추는 거니까요. 그 이후에 우리가 그곳을 인수하는 것은 나중 문제입니다."

노형진은 그렇게 말하며 방긋 웃었다.

"그리고 좋은 방법이 있으니 걱정하지 않으셔도 됩니다, 후후후."

노형진은 두한자동차를 집어삼킬 자신이 있었다.

인간은 어디에 속하는가?

인간은 언제나 비슷한 행동을 한다.

누군가 했던 말이 있다.

돈과 술이 인간의 본성을 바꾸지는 않는다. 그 본성이 드러나게 도와줄 뿐이다.

그리고 두한자동차의 매각은 그런 본성을 드러나게 하는데 충분했다.

정확하게 표현하자면, 본성을 드러나게 한 것은 고용 승계 불가 방침이 확정된 후였다.

"두한은 두한자동차의 매각을 취소하라! 취소하라!"

"두한은 생존권을 보장하라! 보장하라!"

"두한 각성하라! 각성하라!"

두한자동차의 공장에서는 파업이 시작되었다.

그들은 자신들의 고용 승계를 확정하지 않는다면 파업을 풀지 않겠다면서 지속적으로 시위를 이어 갔다.

물론 그 내면에는 여전히 문제가 많았다.

"비정규직에 대한 이야기는 한마디도 없군."

비정규직들은 어쩔 줄 몰라 하면서 발만 동동 굴렀다.

그럴 수밖에 없는 게, 정규직들은 높은 연봉을 바탕으로 적지 않은 돈을 모아 둔 상태였다.

워낙 파업이 빈발하다 보니까 아예 그걸 감안해서 파업 기간 중에 버틸 만한 돈을 쌓아 두는 것이다.

그러나 비정규직들, 즉 계약직이나 파견직은 애초에 월급 자체가 워낙 적기 때문에 모아 둔 돈이 있을 수가 없었다.

당연하게도 파업이 시작되면 당장 먹고사는 것부터 힘들어지는 게 그들이다.

"비정규직들이 공장을 돌리는 것도 내버려 두지 않는 모양이고요."

"전에도 그랬잖습니까?"

시위하는 사람들을 보면서 무태식은 시큰둥하게 말했다.

새론은 기본적으로 친서민 정책을 쓰고 있고 또 친노동자 노선을 유지하고 있다.

그러나 저들이 과연 서민일까?

돈의 문제가 아니다.

돈을 잘 번다고 무조건 서민이 아닌 건 아니다.

그러나 그 돈을 유지하기 위해 같은 노동자들을 쥐어짜는 순간부터 그들은 노동자가 아니라 권력자다.

원래 노예를 부릴 때는 노예장에게 막대한 권력을 준다.

그리고 노예들 사이에서 그 노예장을 뽑는다.

그래야 노예들이 노예장이 되기 위해 충성을 다 바치기 때문이다.

"저 시위가 언제까지 갈까요?"

"아마 안 풀릴 겁니다. 매각이 확정된 이상 말이지요."

저들은 진짜 매각을 막기 위해 저 시위를 하는 게 아니다.

저들은 그저 추후에 주인이 될 사람들에게 어필하는 거다. 자신들의 기득권을 '인정'하라고.

"저렇게 되면 두한 입장에서는 저들의 조건을 들어주지 않을 수가 없으니까요."

상식적으로 파업하는 기업에 제대로 가치가 매겨질 리가 없다.

즉, 두한 입장에서는 어쩔 수 없이 저들의 주장을 매각 조건에 포함하게 된다.

그리고 현대에 와서는 사실 고용 승계는 기업의 매각에서 아주 중요한 요소 중 하나다.

어차피 사람을 써야 하는 상황이니까 현장에 익숙한 사람을 쓰는 게 당연한 것도 사실이고.

"문제는 저 고용 승계가 된다면 정리되는 건 계약직과 파견직이라는 거죠."

미국 같은 경우는 고용 승계가 강제 사항이 아니라 권고 사항이지만 저들은 그걸 강제 사항으로 만들고 싶은 거다.

"일단 파업이 시작되었으니 제대로 된 가격은 나오지 않을 겁니다. 그리고 그동안은 두한의 피해가 상당히 누적될 테고요."

결과적으로 그들의 행동은 자기들의 목을 조이는 꼴이 될 것이다.

"하지만 그런다고 해서 대룡에서 구입할 수 있을까요?"

자금 문제는 일단 해결되었다.

분명 장기적으로 돈이 될 만한 상황이기에 대룡에 투자도 많이 들어왔고 노형진도 적지 않은 돈을 투자했다.

"문제는 주주들의 설득입니다."

기업을 인수한다는 것. 그걸 설득하는 게 핵심이다.

두한자동차의 주요 주주들은 상당수 외국인이다.

그리고 도리어 그들은 두한이 자동차 회사를 판매하는 걸 환영하는 눈치다.

그럴 수밖에 없는 게, 두한이 그동안 자동차 이미지를 깎아먹은 것은 사실인 데다가 이번 사건으로 치명타를 입었으니까.

"문제는 큰손들이지요."

현재 큰손들의 비중은 비슷비슷하다.

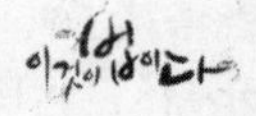

두한자동차의 주식을 쥐고 있는 계열사들은 당연히 찬성하고, 외국계 인물들도 찬성한다.

"하지만 국내 쪽은 반대 여론이 심하더군요. 아, 일단 움직이죠."

파업 현장을 보던 두 사람은 차량에 올라타 현장을 천천히 떠났다.

"반대할 수밖에 없죠."

국가의 입장에서는 국가의 부가 외부로 나가는 것으로 보일 수밖에 없다.

당연히 국가는 반대하고, 그쪽과 밀접한 관계가 있는 연금공단 같은 경우에도 당연히 반대표를 던진다.

"이 상황에서 저들의 파업은 자기들의 목을 조이는 행위밖에 되지 않는데……."

노형진이 단순히 가격을 떨어트리기 위해 정보를 흘리도록 한 게 아니다.

당장 두한자동차의 가장 큰 문제는 바로 강성을 넘어서 왕권처럼 군림하는 기득권층, 즉 노조에 있다.

"국민들은 저 꼴을 보고 뭐라고 하겠습니까?"

"뭐, 답은 나온 것 같더군요."

무태식도 안다는 듯 말했다.

"장기적으로라도 평등한 기업 문화를 만들기 위해서는 저들을 몰락시켜야 합니다."

그리고 노형진은 그걸 착실하게 준비하고 있었다.

⚖

—귀족이 아니라 왕족이네.

—아주 그냥 돈독이 올랐어요.

—차라리 싹 다 자르고 새로 뽑아라.

—맞음. 그러면 나도 취업할 수 있겠지?

—절반만 주시면 똥꼬를 빨겠습니다.

인터넷의 여론은 누가 봐도 노조에 적대적이었다.

그리고 그걸 보면서 노조위원장인 황교식은 이를 빠드득 갈았다.

"망할 놈들. 우리가 그동안 얼마나 노력해서 노동자의 권리를 쟁취해 왔는데 우리를 이런 식으로 대해?"

"어차피 국민들은 개돼지 아닙니까? 우리가 노동자를 위해 싸운 것에 대해 감사할 줄 몰라요."

노조 회의실의 분위기는 뒤숭숭했다.

모든 기업들이 고용 승계를 포기한 상황에서 이 자리를 지킬 방법을 찾아야 했기 때문이다.

"회사에서는 뭐래?"

"일단은 협상단과 협상 중이라고만 말하고 있습니다. 하

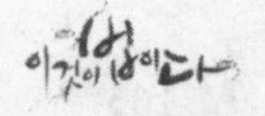

지만 고용 승계를 인정하는 곳은 없다고 합니다."

"그러니까 우리가 어떻게 해서든 자리를 지켜야 할 거 아냐! 파업을 계속 유지해. 절대 우리를 못 자르게 해."

"실사 팀은 어떻게 할까요?"

"그걸 왜 물어봐? 당연히 쫓아내야지."

"하지만 그러다가 매각이 취소되면……."

"우리가 노리는 게 바로 그거야. 다른 곳에 가면 우리가 이 정도 권리를 쟁취할 수 있을 것 같아?"

사실 아무리 그래도 이 정도로 말도 안 되는 혜택을 줄 만한 두한이 아니다.

당장 수많은 두한의 계열사 중에서도 두한자동차 노조처럼 막대한 혜택을 받는 곳은 없다.

그럼에도 불구하고 두한이 노조에 이러한 막대한 지원을 해 주는 이유는, 두한자동차의 약점에 대해 이들이 알고 있기 때문이다.

소위 원가절감이라는 명목으로 얼마나 부품을 싸구려를 쓰고 개판을 만들어 놨는지 이들은 다 안다.

그걸 공개하면 같이 죽는 행동이기에 두한자동차가 그동안 이들에게 끌려다녔던 것이다.

"다른 곳은 몰라도 신성은 피해야 해."

신성. 대표적인 한국의 1위 기업이다.

그런데 신성은 무노조 경영이 기본이다.

노조를 만들려고 하는 시도가 없었던 것은 아니나 그때마다 신성은 눈치도 보지 않고 노조 파괴를 일삼았다.

심지어 노조위원장이 의문사당하는 경우도 종종 있었다.

"그놈들에게 넘어가면 우리는 망하는 거야."

신성의 성향을 생각하면 망하는 정도가 아니라 아예 축출될 가능성이 크다.

"대룡 쪽은 어때?"

"대룡도 관심을 보이기는 하지만……."

"대룡이 제일 만만하기는 한데."

"하지만 그놈들도 눈이 돌아가면 미친 짓을 하는 놈들이라서요."

"하긴, 눈 돌아가면 뵈는 게 없는 놈들이지."

황교식은 걱정스럽게 말했다.

결국 남은 건 외국계 자본뿐인데 한국 정부에서 그건 인정해 주지 않을 가능성이 크다.

"현 상황에서 가장 좋은 건 결국 이대로 유지하는 것입니다."

"끄응……."

파업은 노동자의 최후의 보루이며 수단이다.

그리고 현재 파업 중인 그들 입장에서는 더 이상 쓸 만한 무기가 없었다.

"망할."

황교식은 머리가 지끈거렸다.

'이럴 줄 알았으면 한 푼이라도 더 당겨 두는 건데.'

하지만 너무 늦었다는 생각에 황교식은 머리가 아파 왔다.

⚖

같은 시각, 노형진은 유민택을 만나서 다음 계획을 설명하고 있었다.

"일단 가격이 가차 없이 떨어진 뒤에 계획을 진행하지요."

"그래서, 다음에 할 건 뭔가?"

"기업의 인수입니다."

"그건 저 노조 문제를 해결하고 나서의 문제라니까."

노형진은 씩 웃었다.

"그럴 필요는 없습니다."

"응?"

"노조는 거기만 있는 것이 아니니까요."

"그게 무슨 소리인가?"

"두한자동차의 근무 기록을 보면서 확신했습니다. 업무의 대부분…… 특히 힘든 부분, 즉 정밀 조립이나 가공 부분은 대부분 외주 형태로 운영되고 있더군요."

이건 일종의 수법이다.

월급을 깎고 그 돈을 자기들끼리 나눠 먹기 위해 하는 수법.

회사의 중역이 하나 나가서 인력 파견 업체를 만들면, 회사는 그들에게서만 인력 파견을 받는다.

그리고 중역은 그렇게 파견한 직원들의 임금에서 일정 부분을 자기가 먹는다.

원청은 돈을 안 주고 싸게 부려 먹으며 책임을 안 져도 되고, 파견사의 사장은 놀고먹으며 쉽게 돈을 뜯어낼 수가 있다.

"그들을 이용하는 거죠."

"그게 무슨 소리인가?"

"애초에 업무에 필요한 전문성을 가진 건 그들이라는 거죠."

노형진은 진지하게 말했다.

"계약직이라고 이야기합니다. 파견이라고도 이야기하지요. 하지만 결국 그들은 원청, 즉 두한에 가서 일을 했습니다."

"그 말은?"

"그들을 정직원으로 고용하는 겁니다."

"이해가 안 가네만?"

"어차피 그 사람들은 생존이 불투명합니다. 이번 파업은 심각하니까요."

공장은 멈췄고 파견은 중단되었다.

당연히 파견 업체들에서 보낸 사람들 역시 근무를 못 하는 상황이다.

"이게 말장난이거든요."

그러면 어떤 일이 벌어질까?

간단하다. 그들은 잘린다.

일반적인 경우 해직은 쉽지 않다.

하지만 그들이 소속된 기업은 두한이 아니라 파견 업체고, 두한이 정지된 이상 파견 업체는 휘청거릴 수밖에 없다.

"그러면 폐업 처리하는 거죠."

어차피 사장은 돈 좀 벌어 놨겠다, 폐업 처리하고 손 털면 그만이다.

"대부분의 현장에서 벌어지는 현실입니다."

"그건 그렇지."

"더군다나 이번 파업의 기간은 거의 무한대일 테니까요."

일반적으로 두한자동차의 파업은 한 달을 넘지 않는다.

두한 입장에서도 너무 오래 멈추면 피해가 심하고, 노조 쪽에서도 너무 오래 싸우면 두한에서 작심하고 노조 파괴로 돌아설 수도 있기 때문이다.

"하지만 이제는 아니죠. 사실 막장 아닙니까?"

두한과 노조는 이제 완전히 틀어졌고 그 둘이 다시 함께할 이유는 없을 것이다.

"파업은 아마도 몇 달간 계속될 겁니다."

회사를 매각 협상하는 동안에도 계속될 테고 당연히 매각이 끝난 후에도 계속될 것이다.

"그들은 새로 주인이 된 기업을 길들이려고 할 테니까요."

두한 입장에서는 어차피 지금 쌓여 있는 재고조차 판매를 못 하고 있는 상황이다.

그러니 당연히 파업을 풀기 위한 노력도 할 필요 없다.

"최소 3개월, 어쩌면 연 단위가 될 수도 있겠지요."

그리고 인력 파견 업체는 기업의 재정 악화를 핑계로 직원들을 해직할 수 있게 된다.

이런 수법은 기업들이 가장 많이 쓰는 방법이고 그 때문에 문제가 많은 방법이기도 했다.

그러면 그 이후 계약직 직원들은 어떻게 될까?

다른 직장을 알아보기는 하겠지만 일자리를 얻기가 쉽지는 않을 것이다.

현실적으로 그러한 직원들의 나이는 절대 적지 않으니까.

설사 들어간다고 해도 제대로 된 직장이 아니라 결국 또 다른 파견 업체일 가능성이 크다.

"갑자기 생각나는 게 있군."

"뭐가 말입니까?"

"얼마 전에 손주 녀석이 물어보더군, 왜 나이 먹은 사람들은 현실을 모르냐고."

"현실?"

"그래. 내 주변에서도 많이 듣던 말이 있지. 요즘 애들은 배가 불렀다, 일단 중소기업에서 일하다가 더 큰 기업에 들어가려고 하지는 않는다고."

"진짜 현실을 모르네요."

시작이 중소기업이면 애석하게도 최후까지 중소기업이다.

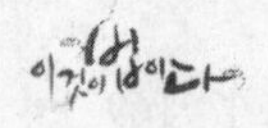

그럴 수밖에 없다.

일단 나이를 먹으면 경쟁력에서 도태된다.

경력직? 과거와 다르게 모든 게 외주화된 상황에서, 본사에서 무슨 경력직을 뽑겠는가?

장비 역시 마찬가지.

중소기업에서 쓰는 장비와 대기업에서 쓰는 장비는 가격도 다르고 성능도 다르다.

그들이 경력직으로 뽑힌다고 해도 사실상 새로 배워야 하는 건 마찬가지다.

그리고 나이를 먹으면 결국 결혼도 하고 가족을 챙겨야 한다.

그런데 그 시점에, 중소기업에서 경력을 쌓았으니 그만두고 대기업에 취업을 시도하는 게 쉬울까?

취직 준비 기간 동안 돈이 안 들어오고 반드시 고용된다는 보장도 없는데?

"세상이 바뀌는데 적응하지 못하는 건 나이 든 사람들입니다. 그런데 그들은 그걸 인정하고 싶어 하지 않지요."

자신들이 도태되어 간다는 걸 인정하고 싶은 사람은 없으니까.

"이번 일도 그렇군. 결국 그 사람들이 어딜 가든 기껏해야 파견직이겠지. 더군다나 회사가 망해서 이직하는 거니 연봉은 더 낮아질 테고."

"그렇습니다. 그러니 우리가 그들을 포섭하는 겁니다. 우선 고용권을 가지고 말입니다."

"흠……."

우선 고용권은 간단하다.

자신들이 회사를 인수하게 되는 경우 그들을 우선적으로 고용한다는 조건.

일단은 1년 계약직. 그리고 그 과정에서 인성이나 사회적으로 문제가 될 사항이 없다면 정규직 전환.

"그리고 우리는 그걸 이용해서 자연스럽게 고용 승계를 이루어 내게 됩니다."

물론 저 노조에서 생각하는 고용 승계와는 아무래도 많은 차이가 있는 고용 승계이지만 말이다.

"결정적으로 비정상적으로 높은 현재의 임금을 깎을 수 있게 되겠지요."

1인당 1억 2천이나 줘야 하는 임금이다.

하지만 정상적이라면 보통 그 절반 정도가 인정된다.

"약간 보험 문제가 있기는 하네만……."

"중간에서 뜯어먹는 놈들이 사라지니까 그것도 아주 큰 피해는 아니죠."

노형진은 그렇게 말하면서 눈을 반짝였다.

"그리고 그만큼 월급을 깎을 수 있다면 차량의 가격을 낮출 수 있을 겁니다."

차량의 홍보에 가장 좋은 건 뭘까?

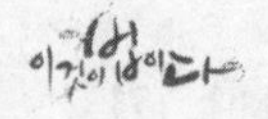

당연히 가성비다. 차량만큼 가성비를 따지는 물건도 사실 드물다.

싼 것으로 치면 중국 차가 더 싸지만 그걸 타는 사람은 거의 없다.

그리고 성능은 독일 차가 좋지만 그건 타고 싶다고 해도 돈이 너무 많이 든다.

'사실 한국은 가성비가 애매하지.'

정확하게는, 해외에서 두한자동차는 가성비가 나쁘지 않은 차다.

하지만 해외는 환율 문제도 있고 기본적으로 수익도 한국보다 많다. 그런데 정작 한국에서는, 평균 연봉이 더 높은 미국에서보다 더 비싸게 차를 팔고 있다.

결론적으로 말해서 두한의 자동차가 가성비가 좋다는 것은 한국을 기준으로 하면 틀린 말이다.

"싼 가격에 차량을 공급하면서 점유율을 늘리면 분명 다시 자리 잡을 수 있을 겁니다."

즉, 정규직을 완전히 새롭게 고용하면서 비정상적인 임금과 노조를 정상으로 돌리는 것이다.

"그리고 이건 국가 입장에서도 반대할 만한 일은 아니지요."

국가에서 고용 승계를 중요시하는 것은 고용률도 문제지만 그들의 지지율 문제도 있다.

"결국 눈 가리고 아웅이지요."

외부적으로 대룡은 고용 승계를 한 것이 된다.

80%에 달하는 비정규직을 고용 승계하면서 정규직으로 전환까지 해 주었으니까.

"그 과정에서 버려지는 건 20%의 기득권층입니다."

물론 그들은 난리가 날 것이다.

하지만 현실적으로 외부에 발표했을 때 사람들의 반응은 상당히 좋을 수밖에 없다.

"기본적으로 고용 승계를 100% 해 줄 수 있는 상황이 아니니까요."

그러니 누군가는 버려져야 한다.

당연히 그런 경우에 버려지는 대상은, 문제를 일으키거나 노동생산성이 낮은 자들이 된다.

"그 관련 기록은 다 남아 있습니다. 그들이 노조라고 하지만 사실상 의미가 없지요."

더군다나 두한자동차 노조의 악평은 자자해서, 모르는 사람이 없는 수준이다.

"이쪽으로 패가 넘어오겠군."

"맞습니다."

그들이 파업을 통해 갈취하다시피 한 임금을 리셋 하는 것만으로도 원가는 상당히 떨어지게 된다.

"하지만 언론에 보이는 건 그게 아니죠."

80%에 달하는 비정규직 직원들의 정규직화.

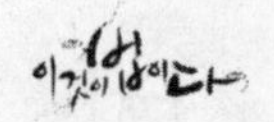

나가는 돈은 그다지 늘어나지 않지만 결과적으로 정규직이라는 것만으로도 사람들에게는 상당한 안도감을 주게 된다.

"이미지가 좋아지면서 한국 내 판매량이 다시 늘어날 겁니다."

그걸 통해 점유율을 회복하게 되면 아마도 두한자동차의 고난은 오래가지 않을 것이다.

"흠……."

유민택은 조금은 고민하는 눈치였다.

분명 비정규직인 사람들을 정규직화하는 것으로 인한 이득이 있는 것은 사실이나 결론적으로 원가의 상승을 불러일으킨다는 것 또한 어쩔 수 없는 사실이니까.

"좋은 일을 하는 건 나쁘지 않지만 그게 얼마나 갈지 모르겠군. 그리고 말이야, 솔직히 말해서 거기에는 한 가지 약점이 있네."

"그들이 강성화될 가능성 말이군요."

"맞아."

비정규직을 정규직으로 전환시켜 주면 그들이 감사해하면서 열심히 상생할까?

애석하게도 인간은 그렇지 않다.

물론 그런 사람들도 있겠지만, 그걸로 실제로 이권을 노리면서 강성 노조를 만들기 시작하는 놈들도 있다.

실제로 모 공단에서 비정규직을 정규직화한 적이 있다.

애초에 실무진이었고 법에서 정한 필수 인원이었기 때문

에 정규직화해야 했으니까.

그러나 그게 마냥 좋은 게 아니었다.

그들은 자신들이 정규직화된 후에 당연하다는 듯이 기득권을 요구하기 시작했다.

그들은 자신들 뒤에 들어온 사람들을 무시하고 탄압하기 시작했다.

그들이 비정규직에서 정규직화한 후에는 당연히 정규직을 시험을 봐서 뽑기 시작했는데, 새로 들어온 사람들에게 심각한 텃세를 부리기 시작한 것이다.

더군다나 업무 능력에서도 결국 차이가 날 수밖에 없는 게, 실무직과 행정직은 분류가 다르다.

그럼에도 불구하고 그들은 행정 정규직이 승진하니 자신들에게도 똑같이 승진 기회를 달라고 요구하기 시작했다.

애초에 업무의 영역이 다르다는 걸 인정하지 않은 것이다.

그리고 결국 일부가 승진되기는 했지만 아니나 다를까, 그들은 제대로 된 업무도 하지 않으면서 노조를 만들고 회사의 분위기를 자기들 마음대로 하기 시작했다.

"비정규직을 없애야 하는 건 자네 말이 맞아. 동일노동동일임금의 원칙은 지켜져야 하지. 하지만 지금의 노조가 사라진다고 해서 강성 노조가 다시는 생기지 않을 것 같지는 않네."

유민택의 솔직한 마음은 그거였다.

지금이야 그들의 평균임금을 깎아서 수익이 난다고 해도,

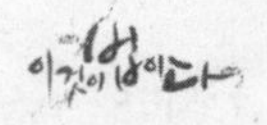

그들이 강성 노조를 만든 후에 임금 상승을 요구해 오면 그들의 숫자가 많은 만큼 더 빠르게 원가가 올라서 타격이 심하게 올 건 확실한 일이었다.

"그 부분에 대해서는 제게 생각이 있습니다. 일단은 두한자동차의 구입을 서두르시죠."

"아까도 말했다시피 두한자동차는 노조 문제가……."

"노조는 두한자동차에 속해 있지요."

"그게 무슨 말인가?"

"제가 구입하라고 말씀드리는 건 두한자동차가 아니라 두한자동차가 가진 땅과 공장, 장비를 의미하는 겁니다."

"그게 뭐가 다른가?"

"다르지요. 완전히 다르지요. 기업을 인수하는 게 아니라 부동산과 동산을 인수하시라는 말입니다."

동산은 움직일 수 있는 자산을 뜻한다.

가령 기계나 차량 등이 동산에 들어간다.

반대로 부동산은 움직일 수 없는 자산, 즉 땅이나 건물을 말한다.

"즉, 기업이 아니라 기업에 속한 자산을 구입하라는 말씀을 드리고 싶은 겁니다."

"흠?"

"차량의 생산은 국가의 허가가 필요합니다."

다른 업종과 다르게 차량은 신고제가 아니라 허가제다.

당연히 두한 역시 그 허가를 가지고 있다.

"만일 두한이 그 허가를 반납하면 어떻게 될까요?"

"……!"

허가를 받는 것은 힘들지만 그걸 반납하는 것은 당사자의 권한이다. 국가에서 반납을 거부할 수는 없다.

"공식적으로 폐업을 하란 말인가?"

"맞습니다."

노조가 속한 곳은 기업이지, 땅이나 기계가 아니다.

그런데 기업이 사라지면 그들의 힘은 아무런 소용이 없다.

어떤 가게가 사라지고 그 자리에 다른 가게가 들어섰을 경우, 새로운 가게가 기존 가게에서 일하던 사람들을 모두 고용할 필요는 없으니까.

"아마 두한은 미치고 팔짝 뛰는 기분일 겁니다."

두한자동차를 팔고 싶겠지만 그게 불가능하다.

노조에서 계속 방해하고 있는 상황에서 팔지도 못한 채로 적자만 계속 누적되고 있는 상황이니까.

더군다나 그 아래에 있던 하청들 역시 곡소리가 나는 상황에서 노조에게 좋은 감정을 가질 수는 없다.

그리고 지금 쌓여 있는 어마어마한 재고. 그걸 대룡이 넘겨받을 이유는 없다.

어차피 그 재고들은 방사능오염 의심을 받고 있는 모델이다. 당연히 판매가 불가능하다.

"설마……? 애초에……?"

"맞습니다. 이건 제가 아니라 유 회장님이 설득해야 하는 상황이지요."

"으음……."

그리고 그 설득이 제대로 먹히려면 그들이 코너로 몰려야 한다.

"그래서 제가 그들을 코너로 몬 겁니다. 물론 적당한 가격으로 낮추는 것도 목적이었고요."

"그러면 우리가 정부에다가 허가를 요청하면?"

"당연히 새로 허가가 나오지 않을 수가 없지요."

두한이 폐업이라는 극단적 선택을 하면 어떻게 될까?

당연히 그 장비는 국제 매물로 나오게 된다.

세계적으로 그 정도 장비들을 인수할 수 있는 기업은 많지 않다.

설사 있다고 해도, 그들은 따로 대한민국 정부에 차량 제조업에 관련된 허가를 받아야 한다.

"현실적으로 그 기간을 생각하면 한국의 경제적 피해는 어마어마합니다."

단순히 두한자동차만의 문제가 아니다.

원래 자동차 산업은 공장에서 천 명이 일하면 하청에서 만 명이 일하는 구조다.

즉, 열 배 이상의 하청 직원들과 기업의 목숨이 달려 있다는 거다.

거기에다가 4인 가족의 생계까지 생각하면 국가 입장에서는 미치고 팔짝 뛸 일이 된다.

“최악의 경우 그 장비가 해외 반출이 될 수도 있지요. 제가 마이스터가 그 장비에 관심이 있다는 제스처를 취하도록 하겠습니다.”

국내에 장비가 있고 없고의 차이는 어마어마하다.

장비가 있다면 그래도 다른 기업이 이어받아서 자동차 산업을 이끌어 갈 수 있지만, 없다면 아예 제로에서부터 하나하나 만들어 가야 한다.

아무리 두한이 이미지가 망조라지만 완전히 새로운 업체가 자리를 잡고 성장하는 것 역시 절대 쉬운 일이 아니다.

더군다나 그 허가를 받고 수조 원대의 돈을 들여서 장비를 새로 맞추고 그걸 수출해서 지명도를 올리는 시간을 생각하면, 사실상 그사이에 대한민국 차량 산업은 치명타를 입게 된다.

“우리가 우선 차량 제조 허가를 요청하면……?”

“아마 빠르게 허가가 날 겁니다.”

물론 다른 곳에서 그 차량 제조 허가를 요청할 수도 있다.

하지만 원래 그런 허가는 쉽게 나올 만한 게 아니다.

그런 만큼 그들이 신청하고 심사에 들어갈 때쯤에는 이미 대룡은 허가가 나와서 가동을 시작했을 가능성이 높다.

"두한자동차는 승계되는 게 아니라 말 그대로 공중분해가 되는 거지요."

노형진은 빙긋 웃었다.

"노조에서 뭐라고 하든 말입니다, 후후후."

⚖

"폐업?"

"그렇소. 어차피 가지고 있어 봐야 계속 적자만 볼 텐데?"

"흠, 장난하지 말지. 우리 기업의 브랜드 가치가 얼만데!"

이상주는 말도 안 된다는 듯 버럭 화를 냈다.

확실히 똑같은 장비고 기계라고 할지라도 브랜드 가치는 중요하다.

만일 기업에서 장비만 판다면 그건 브랜드는 감안하지 않겠다는 건데, 현실적으로 그건 어마어마한 손해다.

가령 공기청정기만 봐도 그렇다.

중소기업에서 나오는 공기청정기도 쓸 만하고, 대기업 물건과 그리 큰 차이를 보이지는 않는다.

그럼에도 중소기업의 제품은 수십만 원대이고 대기업의 제품은 100만 원대가 훌쩍 넘는다.

이유는 단 하나. 바로 브랜드 가치 때문이다.

물론 그 브랜드 가치라는 건 그 기업이 멀쩡할 때의 이야

기다.

"그러면 우리가 손 털고."

"뭐?"

"두한자동차의 브랜드 가치가 얼마나 된다고 생각하시오? 방사능오염 차량, 사람들의 생명과 안전보다는 몇 푼의 돈이 더 중요한 기업, 방사능오염 사실을 알면서도 자재를 가져다 차를 생산해서 판 부도덕한 기업."

유민택의 말 한마디 한마디가 두한의 회장 이상주의 가슴을 들쑤셨다.

"그래서 파는 거 아니었나요? 브랜드로서 두한자동차는 끝장이 났기 때문에?"

"……."

의심할 여지가 없는 사실이다.

두한은 막대한 배상금에 방사능 처리비를 내야 하며, 두한철강의 고로를 만드는 데 든 돈을 메꿔야 한다.

그 정도 돈을 메꿀 수 있는 방법은 두한자동차의 판매뿐이었고, 그렇기에 이상주마저도 두한자동차가 사실상 끝장난 상태라는 걸 알고 있었다.

"두한자동차가 과연 얼마나 버틸 수 있을까요?"

차는 한 대도 안 팔리는데 강성 노조가 버티고 있고 그 때문에 매달 어마어마한 적자를 보고 있다.

두한자동차 자체가 한국에서 빠보다는 까가 더 많은 게 사

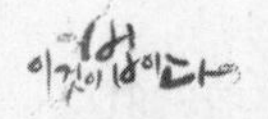

실이다.

그럼에도 불구하고 판매된 건 마땅한 대안이 없기 때문이다.

한국의 다른 자동차 회사들은 아직 사람들에게 반응이 그리 좋지 않았다.

한국에서 자동차를 살 때 가장 중요한 문제 중 하나가 바로 중고 거래다.

다른 차량들은 중고 거래를 할 때 적지 않은 돈이 떨어진다.

그나마 두한자동차는 그 하락 폭이 무척이나 작은 편이었다.

"그런데 지금은 어떤가요? 아, 이 회장님은 잘 모르시겠군요. 뭐, 중고 거래를 하지 않으시니까."

유민택은 피식 웃었다.

"자살한 중고차 딜러가 몇 명인지 알려 드릴 필요가 있을까요?"

중고차 딜러는 차를 구입해서 거기에 수익을 붙여서 판다.

그런데 방사능 차량 사건 이후에 그들이 가지고 있는 대부분의 두한자동차들은 판매되지 않았다.

두한자동차의 한국 점유율은 최대 70%였다.

당연하게도 중고차 시장에도 나와 있는 물건이 그 정도는 된다. 최소한 말이다.

그런데 그게 갑자기 방사능오염 의심을 받아 판매가 중지되었다.

누구도 사지 않는 차량들.

그리고 중고차를 사기 위해 들인 딜러들과 물주들의 돈, 그건 당연히 그대로 빚이 되었다.

반면 다른 기업의 차들은 도리어 가격이 미친 듯이 뛰었다.

대안이라고는 그곳뿐이니까.

그렇다 보니 중고차 시장에서 두한자동차는 팔리지도 않고, 딜러도 사 가지 않으며, 차량을 폐차 처분하는 업체들조차도 수거를 거부한다.

만일 수거해서 폐업 처리했는데 차량이 방사능에 오염된 경우 그 처리비를 자신들이 내야 하기 때문이다.

"길바닥에 버려진 두한자동차가 제법 많다던데."

그나마 방사능 점검을 해서 안전하다고 나오면 불안하더라도 타고 다니긴 하지만, 종종 고위험 방사능이 검출되는 차들이 튀어나올 때마다 들썩거리는 게 바로 두한이었다.

"두한철강도 요즘 힘들지 않습니까?"

두한철강의 최대 소비처는 당연히 두한자동차였다.

그러나 이제는 아니다. 공장이 거의 안 돌아가니까.

그리고 그 사건 이후에 두한철강으로 오는 철강 주문 역시 끊어지다시피 한 상황.

"버티기 위해서는 돈이 많이 필요할 텐데요?"

이상주는 유민택을 한참을 바라보다가 말했다.

"그렇다고 해서 우리와 적대하는 건 좋은 선택이 아닐 텐데?"

"적대라니요, 이 회장님. 그렇게 오해하시면 섭섭합니다. 저

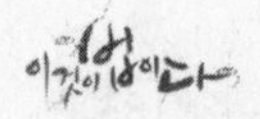

는 그저 회장님에게 도움을 드리고자 하는 겁니다. 이대로 버티다가 기업을 날려 먹는 것보다는 훨씬 나은 선택 아닙니까?"

"으음."

이상주는 입술을 깨물었다.

그러나 무시할 수도 없는 일이었다.

그럴 수밖에 없는 게, 현재 대룡의 재계 순위는 대략 7위 정도 된다.

'하지만 현금에 관해서는 신성급 이상이지.'

대룡이 미국에서 절묘한 기회를 잡고 병원들을 인수하면서 그 병원들에서 들어오는 현금이 어마어마했다.

지금까지 수많은 기업들이 미국에 진출하려고 했지만 의료 쪽은 생각도 못 하던 와중에 병원들을 집어삼키면서 미국 진출에 성공한 대룡은 말 그대로 급성장하고 있었다.

신성 이상의 현금 동원력으로 말이다.

아마도 두한자동차를 저들이 사게 된다면 단번에 재계 순위 2위까지 올라갈 수 있으리라.

'그리고 저 뒤에 있는 그 괴물도 걱정스럽고.'

어쩌다 보니 자신들과 적대하게 된 노형진.

그들로 인해 치명타를 입은 두한은 현재 노형진에게 보복을 할 생각은 하지도 못하고 허덕거리고 있다.

원래 두한의 재계 순위는 1위였다.

그러나 그동안 노형진에게 당하면서 수익이 터무니없이

줄어들고 손해배상이 커졌다.

그나마 재계 순위는 수익 규모보다는 자산 위주로 판단해서 아직 3위 정도는 지키고 있지만, 두한자동차를 넘기면 11위로 떨어지게 된다.

'망할.'

사소한 복수라고 시작한 게 자기들을 이렇게 몰아붙이게 될 줄은 몰랐기에 이상주는 입술을 깨물었다.

물론 그렇다고 해서 복수의 마음을 접은 건 아니었다.

하지만 결국 두한도 주식회사다. 지금까지는 어떻게 경영자 자리를 지켰지만 더 이상의 피해가 발생하면 경영자 자리를 지킬 수가 없기에 참아야 했다.

만일 여기서 쫓겨 나가면 두한이라는 방패를 잃어버리게 될 텐데, 노형진이 그때 물어뜯는다면 자신들은 걸레짝이 되어 버릴 테니까.

"좋아, 진지하게 이야기해 보지. 하지만 그렇게 되면 현실적으로 다른 사람들의 권리를 침해하게 되는 거 아닌가?"

"걱정하지 마세요. 그들에게도 알릴 테니까."

기업의 거래는 경쟁이다.

그리고 이러한 방법은 경쟁을 저해한다.

쉽게 말해서 두한 입장에서는 좀 더 높은 가격을 받을 수 있는데 그게 불가능해진다는 거다.

그래서 한 말이었다.

그런데 유민택의 말은 상상 이상이었다.

"그들이 끼어들어야 우리가 유리하니까요."

유민택은 자신 있게 말했다.

⚖

그 시간, 노형진은 대룡의 협상 팀과 이야기 중이었다.

그들이 대충이라도 상황을 알아야 그들의 도움을 받아서 문제를 해결할 수 있기 때문이다.

"일단 이 작전에서 핵심적인 문제는 바로 차량 생산 판매 허가입니다. 특별한 일이 없다면 그 허가는 바로 나올 겁니다."

수십만 명이 길바닥에 나앉는 꼴을 보고 싶은 정치인은 없을 테니까.

"그리고 그런 경우에 다른 기업들, 특히 해외 자본은 진입이 거의 불가능해질 겁니다."

노형진이 유민택에게 말하도록 한 이유는 간단했다.

경쟁.

지금 두한자동차에 침을 흘리는 기업은 전 세계에서 대략적으로 열 군데 정도.

"하지만 정부에서 자동차 판매 허가라는 걸 조건으로 내걸면 한국 기업들이 압도적으로 유리해지지요."

열 명이 싸우는 것과 두 명이 싸우는 것 중 경쟁이 치열한 것은 당연히 열 명이다.

"그러면 우리는 신성만 견제하면 되는 건가요?"

"그렇습니다. 신성은 두한의 몰락으로 재계 1위 자리에 올랐습니다. 그 자리를 지키고 싶을 겁니다."

노형진은 고개를 끄덕거렸다.

만일 허가가 조건으로 들어간다면 정부에서는 해외 기업의 허가를 늦추는 방식으로 해외로의 자본 유출을 막으려고 할 가능성이 아주 크다.

특히 자동차 기술이 해외 다른 나라로 가는 경우 경쟁에서 심각한 문제가 될 수도 있다.

"가장 걱정되는 건 중국일 테니까요."

중국은 무섭게 성장하고 있지만 아직 자동차 기술이 약하다.

그러나 시장성은 어마어마하다.

중국에서 한국 기술을 가지고 가는 것은 아주 심각한 문제다.

실제로 중국은 막대한 부를 바탕으로 독일계 자동차 회사들까지 쓸어 담고 있는 상황.

이미 몇몇 독일 차들은 독일 차가 아니라 중국 차라고 불러야 한다.

과거 최초 브랜드는 독일이었을지 모르나 지금은 중국에서 만들고 중국의 브랜드가 되었기 때문이다.

"까딱 잘못하면 중국에 먹힐 수 있는 상황을 정부에서 가만히 두고 보지는 않겠지요."

이미 현우자동차가 중국에 먹혔을 때 무슨 꼴이 났는지 두 눈으로 똑똑히 봤으니까.

"그러면 신성만 어떻게 견제하면 된다는 건데, 신성을 어떻게 견제할지 모르겠습니다. 아시겠지만 신성은 한국에서 재계 1위입니다. 정부의 어마어마한 비호를 받고 있지요. 그리고 신성의 회장이 차량 산업에 어마어마한 공을 들였던 것도 아실 겁니다."

물론 사실상 실패했지만 말이다.

현재 한국에 있는 브랜드에서 가장 꼴찌가 바로 신성이다. 어지간한 수입 차보다 판매량이 밀리는 수준이다.

한국에 있는 네 개의 자동차 브랜드 중 3위는 현우자동차다.

실제 판매량만 보면 신성은 현우자동차와 도토리 키재기 수준이다.

하지만 현실은 더 비참하다.

그나마 현우자동차는 모기업이 없기에 국민들을 대상으로 영업하지만, 신성자동차는 모기업이 있기에 거기서 밀어주고 업무용 차량은 모두 신성자동차를 사고 심지어 직원들에게 홍보 판매까지 하는데도 그 지경인 거니까.

기술도 부족하고, 디자인도 밀리며, 자동차 시장에서 예민한 편의성 부분 역시 많이 부족하기 때문이다.

"그래서 그들은 이번에 물러날 생각이 없을 겁니다."

원래 신성의 초대 회장은 자동차 산업을 하는 것이 소원이었다.

그래서 막대한 돈을 뿌려서 시도했지만 국민들은 신성의 자동차를 거들떠보지도 않는 상황이었다.

"그렇다고 해도 정부에서 우리와 신성을 두고 저울질한다면 결국 선택하는 건 신성이 될 겁니다."

대룡의 착한 기업 정책은 정치인들에게 반발을 사고 있다.

기업이 착해지는 것은 정치인들이 받아먹을 게 적어진다는 걸 의미하기 때문이다.

더군다나 신성은 순수하게 자기 자본인 데 반해 대룡은 마이스터의 투자를 받아서 들어온다.

즉 컨소시엄 형태라는 건데, 아무래도 그러면 일정 지분이 마이스터에 돌아가는 것은 어쩔 수가 없다.

'웃긴 일이지.'

신성의 주요 주주들이 해외 자본인 걸 생각하면 참으로 어이가 없는 판단이다.

"걱정하지 마세요. 신성은 결국 스스로 자신의 발등을 찍게 될 테니까요."

노형진은 빙긋 웃었다.

"여러분들이 해야 하는 건 정식으로 자동차 판매 허가를 받아서 장비를 인수할 수 있게 하는 것뿐입니다."

"설마 신성과 싸우려고 하시는 겁니까?"

다들 우려가 섞인 표정으로 말했다.

"그럴 리가요. 제가 무슨 힘이 있다고 신성과 싸우겠습니까?"

물론 싸우려면 싸울 수는 있다.

하지만 신성과 원한 관계가 있는 것도 아니고, 그들과 전면전을 해서 뭔가 생길 것도 아니다.

그들이 올바른 기업은 아니지만 정상적인 기업이며, 또한 그들이 한국을 대표하는 기업인 것은 확실하다.

그런 그들과 싸워 가면서 문제를 일으킬 생각은 노형진에게도 없었다.

"다만 살짝 흔들어 볼 생각입니다."

노형진은 빙긋 웃었다.

"아주 살짝 말입니다, 후후후."

대한민국 공화국?

대한민국은 민주공화국이다.

헌법 1조 1항이다.

쉽게 말해서 대한민국의 가장 기본을 이루는 말이라고 볼 수 있다.

그러나 현실적으로 대한민국에는 다른 별명이 많다.

그중 하나가 바로 '신성공화국'.

신성이 워낙 막대한 힘을 휘두르기에 붙은 말이다.

"그리고 그건 반쯤은 맞는 말이기는 하지."

유민택은 솔직히 인정했다.

다른 기업들도 그러한 관리를 하기는 한다.

솔직히 안 하면 대한민국에서 사업이 불가능하니까.

당연히 대룡도 하는 일이다.

“하지만 신성에는 비교도 못 하지.”

신성의 힘은 어마어마해서, 회장이 사람을 대놓고 죽이지만 않으면 어지간한 죄는 집행유예로 풀려날 수 있을 정도다.

어쩌면 대놓고 죽여도 정당방위로 풀려날지도 모른다.

그게 신성의 힘이다.

“알고 있습니다.”

“그걸 알면서 그들과 싸우겠다는 건가?”

“아니, 왜 다들 싸움을 못 붙여서 안달이십니까? 저 안 싸운다니까요.”

“그런데 그들을 어떻게 흔들겠다는 건가? 그들은 이번 건에 대해 어마어마한 투자를 하고 있어. 그런 그들을 포기시킬 정도라면 어지간한 걸로는 안 될 텐데? 그런데 싸움도 아닌데 그걸 한다는 건 이해가 가지 않는군.”

노형진의 정보력도 대단하지만 신성의 정보력 역시 만만치 않다.

그런데 그들 모르게 그들을 흔들어서 여기서 물러나게 한다? 그건 불가능하게 느껴졌다.

“제가 언제 비밀을 공개한다고 했나요?”

“무슨 말인가?”

“원래 비밀이라는 건 두 종류가 있지요. 관련자들을 제외하고는 누구도 알지 못하는 비밀. 그리고 누구나 예상은 하지만 증명되지 못한 비밀."

노형진은 그렇게 말하면서 빙긋 웃었다.

"신성은 후자의 비밀을 아주 많이 가지고 있지요."

"드러난 비밀이라고? 흠…… 무슨 비밀 말인가?"

"홍안수 말입니다."

"홍안수?"

"홍안수는 원래 사업가 출신입니다."

당연히 셈이 빠르고 돈 욕심이 어마어마하게 많다.

그는 사업을 하면서도 사채업을 하는 등 부정한 돈도 거리낌 없이 벌었다.

그러다가 노형진 때문에 다 날려 버리고 결국 감옥에 들어갔지만.

"홍안수? 설마? 그건 그렇구먼."

유민택은 노형진의 말에 고개를 끄덕거렸다.

홍안수는 많은 뇌물을 받았다고 의심받고 있다. 현재 그걸 추적 중이며 속속 드러나고 있다.

딱 한 곳만 빼고 말이다.

"신성에서는 그런 이야기가 없었지."

"회장님이 신성에 대해 가장 잘 아실 겁니다. 그들이 돈을 안 줬을 가능성, 얼마나 됩니까?"

"제로."

유민택은 단호하게 말했다.

다른 사람도 아닌 대통령에게, 그것도 부패해서 돈이라면 환장하는 대통령에게 돈을 안 줬을 리가 없다.

'원래 역사에서도 신성은 돈으로 한국을 지배하려고 했지.'

허수아비인 대통령을 사기꾼이 뒤에서 조종했던 원래 역사에서 신성은 그 사실을 알고 사기꾼에게 조 단위의 뇌물을 바쳐 가면서 그 시절 내내 아주 잘나갔다.

그렇다면 그게 드러났을 때 그들이 처벌받았을까?

애석하게도 그들은 제대로 처벌받지 않았다.

대통령에게만 돈을 준 게 아니라 판사, 검사, 변호사까지 모든 인간에게 돈을 뿌렸기 때문이다.

그들이 주는 돈을 받지 못한 건, 아니 그들이 주는 돈을 상납해야 했던 건 아무것도 모르는 국민들이었다.

"그러고 보니 신성이 이번에 박기훈이 대통령이 되는 데 아주 예민하게 굴기는 했네."

"그럴 겁니다. 박기훈은 돈을 안 받는 타입이니까요."

도리어 박기훈은 수틀리면 다 죽이겠다고 길길이 날뛰는 타입이다.

협박도 안 통한다. 협박하는 순간 같이 죽자고 할 사람이니까.

그 정도로 그의 스타일은 극단적이다.

하지만 그런 극단적인 방향 때문에 현재 상당한 국민들의 지지를 받고 있다.

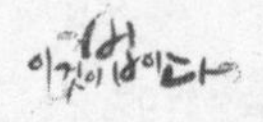

예를 들어, 그가 이번에 검찰총장으로 새로 뽑은 사람의 나이가 고작 47세다.

이건 상당히 무서운 일인데, 검찰 내부에서는 자기보다 아래 기수가 승진하는 경우 그만두고 나가는 게 일종의 전통이기 때문이다.

그런데 가장 높은 직위인 검찰총장이 고작 47세?

현실적으로 말하면 그 나이에 아무리 잘해 봐야 부지검장이나 간신히 할 것이다.

그것도 서울이 아니라 지방에서 말이다.

그것만 해도 상당히 빠르게 성장한 거다.

그런데 평소에 검찰 개혁에 대해 많이 주장하던 그를 박기훈이 고작 47세의 나이로 밀어붙였다.

그게 의미하는 건 뻔하다.

그 이상 나이를 처먹은 놈들은 다 사표 쓰고 나가라는 거다.

검찰 내부에는 반기를 들었고 자유신민당은 어떻게 해서든 물어뜯으려고 했지만, 권력을 잡아 본 적도 없는 후보였기에 부패한 틈조차도 없었던 탓에 결국 그는 임명되었고 검찰 내부에서는 피바람이 불고 있다.

심지어 그 검찰총장이 스스로 '내가 할 일은 개혁이 아니라 개갈굼'이라고 사석에서 말할 정도로, 자기보다 나이가 많은 검찰의 정치 라인을 족치고 있었다.

더러우면 나가라는 거다.

최소한 어느 정도 정치적 감각이 있는 나이를 임명할 줄 알았던 정당들은 그 일로 멘탈이 나가 버렸다.

"그렇다 보니 대통령은커녕 검찰 내부에도 돈을 못 뿌리는 상황입니다."

"홍안수가 지금 엮이면 아주 골치 아프겠군."

"아주 죽을 맛일 겁니다."

"하지만 쉽지 않을 텐데? 자네도 알다시피 홍안수에게 돈을 안 준 건 우리 정도뿐이야. 나머지는 어마어마하게 많이 줬네. 특히 대동 같은 경우는 거의 퍼다 준 수준이고."

"내전 중인 대동이 그 정도로 퍼 줬는데 신성은 어떻겠습니까?"

"흠…… 확실히 신성은 비교도 안 되게 줬겠지."

모든 기업이 다 정치인들에게 돈을 주는데 한국이 신성공화국이라고 불리는 데에는 다 이유가 있다.

그들이 주는 돈이 실로 어마어마하기 때문이다.

"그걸 공개적으로 때려 버리면 됩니다."

"확실히 뭐 다 예상하고 있는 내용이니 문제가 될 건 없겠군. 하나만 빼면 말이야."

"아무도 터트리려고 하지 않는다는 것 말이지요?"

결정적으로 증거가 없다.

노형진의 입에서 나오면 조사야 시작하겠지만 노형진이 직접 싸우지 않는다는 점에서는 의미가 없는 짓이다.

자연스럽게 증거가 나와 사람들이 모두 알게 되고 검찰이 조사에 착수해야 한다.

"그러니 모두가 아는 비밀이지요. 그걸 증거 하나만 던지면 됩니다."

"그게 쉽겠나? 상대방은 신성이야. 아무리 그래도 그렇게 증거를 흘리지는 않을 걸세."

모두가 다 아는 비밀이라는 건, 반대로 말하면 명확한 증거가 없다는 걸 의미한다.

신성의 그간의 스타일을 보면 입증하는 게 쉽지는 않을 게 뻔하다.

해외에 빼돌린 돈도 많을 테고, 그중에서 현금으로 줬다고 하면 그걸로 증명해서 상대방에게 타격을 입히는 건 불가능하다.

"의혹을 제기하는 것과 그걸 증명하는 건 전혀 다르네."

"알고 있습니다."

노형진은 빙긋 웃었다.

"아까 유 회장님이 그러셨지요? 그들의 정보력은 저만큼이나 뛰어나다고요."

"그랬지."

"그 말은 제 정보력이 아주 뛰어나다는 거지요. 걱정하지 마십시오. 그들을 뒤흔들 정보는 제가 구할 수 있으니까요, 후후후."

⚖

노형진은 관련 정보를 뒤지기 시작했다.

현실적으로 그들의 정보를 빼돌리는 건 쉽지 않다.

그렇게 쉽게 빼돌릴 수 있다면 신성이 이렇게 쉽게 대한민국을 지배할 수 있었을 리도 없다.

지금 시점에 신성에 엿을 먹일 수 있는 건 한국이 아니라 일본이었다.

"신성을 가장 싫어하는 건 일본이죠."

노형진을 만나 이야기를 들은 신동하는 고개를 끄덕거렸다.

"아마도 신성에 관련된 자료들은 모두 일본 정보부에 와 있을 겁니다."

당연한 거다. 홍안수는 일본의 스파이였으니까.

아무리 홍안수에게만 몰래 줬다고 해도 결국 그 홍안수를 관리하는 건 일본 정부다.

일본 정부 입장에서는 그 돈을 빼앗지는 않겠지만 출처 같은 건 당연히 가지고 있을 것이다.

"그걸 공개시키고 싶으시다는 거군요."

"맞습니다. 뭐, 현 상황에서 어렵지는 않을 것 같은데요."

"일본이 원하는 건 한국의 혼란이니까요."

일본은 핀치에 몰린 상황이다.

현 정권은, 정확하게 야베는 거의 코너에 몰려서 몸부림치

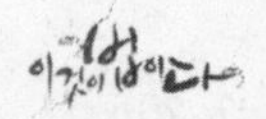

는 상황이었고, 그 때문에 그 어느 때보다 강하게 한국을 공격하고 혐한을 조장하고 있었다.

"그리고 신성에 대한 분노는 일본 극우 세력 입장에서는 어마어마하죠."

신성이 한국에서 뭐라고 욕먹든, 신성이 한국에서 이룩한 업적은 절대 무시할 수 없다.

한때 따라갈 수 없다고 생각한 일본을 제친 기업이고, 또한 일본에 가장 강력한 영향력을 행사하는 기업이며, 동시에 일본의 반도체 산업을 박살 내고 그 몰락을 불러온 게 바로 신성이다.

그들의 불법과 업적은 명백하게 구분되어야 한다.

"하지만 일본 정부 입장에서는 그게 안 될 테니까요."

그래서 노형진은 그 자료를 공개시키기 위해 일본으로 온 것이다.

일본 정부 입장에서는 신성에 타격을 주는 게 일종의 복수일 테니까.

"물론 홍안수가 자기들의 스파이라는 것을 감안하면 공개하는 게 쉽지 않겠지만."

"어차피 드러난 상황이니 아마 생각보다 어렵지는 않을 겁니다."

여전히 홍안수가 스파이라는 사실을 인정하지 않고 있는 일본이지만 대부분은 그가 스파이라는 것을 알고 있다.

"그걸 적당히 포장하는 건 어려운 일이 아니니까요."

노형진의 말에 신동하는 고개를 끄덕거렸다.

"노 변호사님을 보면 참 대단하다고 느껴집니다. 엄밀하게 말하면 일본은 노 변호사님의 적 아닙니까? 저는 얼마 전에 감옥에 갔다 온 후에는 일본 정치권과 엮이는 것 자체가 구역질이 나던데 말이지요."

"뭐, 기분이 좋지는 않지요. 하지만 변호사라는 게 원래 그런 겁니다. 이길 수 있다면 뭐든 다 이용해야지요."

그게 설사 일본이라고 해도 말이다.

"일본은 한국을 까기 위해 최선을 다하고 있습니다. 그러니 신성에서 돈을 준 걸 반역과 엮어서 공개한다면 신성의 입장에서는 타격이 클 겁니다."

만일 그게 국가 반역의 군자금 역할을 했다면 진짜 심각한 문제가 될 것이다.

'실제로도 그랬고.'

원래 회귀 전에 신성은 보수 집단에 시위 비용으로 어마어마한 돈을 제공했다.

쉽게 말해서 국민들의 시위에 대응해서 벌어졌던, 소위 말하는 태극기 시위대에 돈을 주면서 시위를 하도록 유도한 것이다.

'이번에도 그럴 거야.'

실제로 탄핵 시위가 벌어졌을 때 수십만 명 단위로 홍안수를 편들어 주는 시위가 계속되기도 했다.

노형진의 기억 속에서 본 시위와 동일한 형태였고, 그 말은 신성이 그 자금을 줬을 가능성이 크다는 걸 의미한다.

'그리고 그 시위대는 결국 쿠데타의 핵심 세력 중 하나가 되었지.'

진짜로 무기를 들고 사람들을 쏜 것은 아니나, 그들은 계엄령이 선포된 후에 권력을 쥐고 억울한 사람들을 빨갱이로 몰아가면서 조사받도록 끌고 다녔다.

사망자가 없었을 뿐이지, 과거에 국민들을 학살하고 다녔던 서북청년단과 동일한 행동이었다.

실제로 그런 행동을 했던 단체의 이름 중에는 서북청년단도 있었다.

즉, 그들은 빨갱이 척살이라는 미명하에 무고한 민간인을 처벌받게 만들려고 한 것이다.

'그리고 그 돈이 신성에서 나왔다면…….'

신성 입장에서는 곤혹스러울 수밖에 없다.

다른 건 몰라도, 아무리 신성이라고 해도 국가 전복 행위는 치명적일 수밖에 없으니까.

"그래서 그런 걸 이야기해 줄 수 있는 사람이 필요한데……."

노형진이 지난번에 찾아 놨던 인간들은 애석하게도 모조리 경질되었다.

운이 안 좋은 사람들은 의문사했고 말이다.

"제가 가서 일본 정부에다 '그걸 공개해 주십시오.'라고 할 수는 없지 않습니까?"

노형진이 엮여 있다는 것만으로도 일본 정부는 입을 다물 게 뻔하다.

"그걸 해 줄 수 있는 사람이라……."

"슬슬 눈치 보는 사람이 생길 텐데요?"

노형진이 신동하를 찾아온 것은 지난번 싸움에서 그가 이겼기 때문이다.

정확하게 표현하자면 그는 풀려났다.

즉, 일본 정부는 그를 건드릴 수 없다는 게 입증된 것이다.

'일본 정부가 몰락하는 건 확정적이다.'

그리고 배가 침몰하면 가장 먼저 튀어나오는 것들은 바로 쥐다.

쥐들은 누구보다 빠르게 이상 징후를 알아차리고 탈출을 시도한다.

'이 경우는 정보 라인에 접해 있는 사람이겠지.'

오로지 충성으로 모든 걸 바치는 사람도 있겠지만 그러지 않고 자신의 이권을 먼저 챙기는 사람도 있을 수 있다.

"그럴 만한 사람이라……."

신동하는 한참을 고민하다가 씩 하고 웃었다.

"생각나는 사람이 한 명 있네요."

"누군가요?"

"시오노 슌지라는 사람입니다. 극우 계열인데, 정확하게는 천황 라인입니다."

"천황 라인?"

"그렇습니다."

천황 라인이라는 건 극우 세력 중에서도 충성의 대상이 천황인 자들을 말한다.

현재 일본의 극우 세력은 천황에게 충성하는 천황 라인과 아베에게 충성하는 총리 라인으로 나뉘어 있다.

신념의 문제이기 때문에 그들 사이에서는 알게 모르게 경쟁이 치열했다.

"그가 정보 라인인가요?"

"아니요. 정보 라인은 아닙니다. 원래는 모 지방의 정치인 출신입니다. 다만 공천에서 밀린 후에 극우 논객으로 변한 사람입니다."

"극우 논객이라……."

그렇다면 노형진의 계획에 딱 맞다.

일단 정치인 출신이라면 그들과 연락 정도는 주고받을 수 있다.

물론 천황 라인이라고 하지만 극우 세력이라는 존재 특성상 한국에 적대적일 수밖에 없다.

더군다나 논객이라는 존재는 단순히 떠든다고 인정되는 게 아니다.

방송에 나가서 그와 관련된 이야기를 해 줄 수 있는 능력이 되어야 한다.

"그 사람에게 접촉해서 이야기를 터트려 달라고 할 수 있습니까?"

"하지만 증거가 없는데요."

"상관없습니다. 어차피 일본 정부에서 증거가 있어서 뭔가 터트리는 건 아니니까요."

'일단 터트리고 아니면 말고'라는 것이 일본 정부의 전형적인 방법이다.

"설사 시오노 슌지에게 증거가 없다고 해도 결국 그 관련 증거는 일본 정부에서 공개하게 될 것입니다."

노형진이 생각하기에 현재 일본 정부는 정보가 없는 게 아니라, 정보를 쥐고 있지만 어떻게 써야 하는지를 모르는 것이었다.

즉, 시오노 슌지는 그 정보를 이렇게 써먹으면 된다고 어드바이스 하는 역할이라고 볼 수 있다.

설사 아니라고 해도 상관없다.

어차피 일본에서 뭐라고 하든 한국의 신성에서 시오노 슌지를 고소해서 처벌할 수는 없다.

일본의 특성을 생각하면 고소해 봐야 무죄로 나올 테고,

민사소송 해 봐야 배상을 인정받지 못할 테니까.

'거기에다 신성은 일본을 관리하지 않는단 말이지.'

일본은 반한 감정이 워낙 심해서 한국 물건이 거의 팔리지 않는 경향이 있다.

거기에다가 한국과는 추구하는 개념도 달라서 물건 자체를 생산 판매하는 것도 쉽지 않다.

가령 한국은 냉장고 하나만 해도 보통은 800리터짜리를 쓰지만 일본은 커 봐야 400리터짜리를 쓴다.

쉽게 말해서 살아가는 방식이 워낙 달라서 쓰는 물건의 사이즈도 다르기 때문에 어쩔 수 없이 일본 상품을 써야 하는 부분도 있다.

즉, 홍보의 문제가 아니라 생산 시설 자체의 문제이기 때문에, 일본은 한국에 그다지 매력적인 시장은 아니었다.

'당연히 신성에서 정치인들이나 방송에 대해 관리가 들어갔을 리가 없지.'

그 말은, 그들이 터트리면 신성은 그냥 두들겨 맞아야 한다는 소리다.

그리고 그렇게 되면 노형진이라는 존재는 드러나지 않게 된다.

'자, 신성 여러분. 어떻게 대꾸하실지 한번 기대해 보겠습니다, 후후후.'

⚖

—한국의 신성은 이번 쿠데타를 지원했던 세력 중 하나입니다! 그들은 수십 년간 홍안수를 키워 첨병으로 내세웠으며, 그의 쿠데타를 통해 기업으로서는 최초로 국가를 전복하고 기업 국가라는 새로운 형태의 국가를, 새로운 신성공화국을 세우려고 했습니다! 극단적 자본주의가 낳은 폐해가 바로 신성인 것입니다! 그런데 한국은 자신들의 잘못을 억울하게 일본에 뒤집어씌우고 있습니다! 이는 일본을 무시하는 국제적 결례입니다!

시오노 슌지의 말은 사실 개소리에 가까웠다.

기업이 국가를 전복시키고 국가를 대신한다?

그건 기업이 아니라 반군이다.

기업이 추구하는 건 돈이지 권력이 아니다.

물론 돈을 추구하면 권력 역시 따라오지만, 그 책임 역시 따라오는 게 현실이다.

당연히 기업은 책임은 지지 않으려고 하기 때문에 그러한 논리는 말이 안 된다.

그러나 그렇잖아도 신성에 적대감을 가지고 있던 일본에는 그 소문이 빠르게 퍼지기 시작했다.

일본의 주요 산업을 빼앗아 간 신성. 그들이 한국을 전복시키려고 했다.

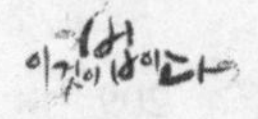

자극적이고 반한을 추구하는 일본 방송에서는 아주 흥미를 끄는 자극적 소재였다.

—세상에 이게 말이 됩니까? 고작 일개 기업이 돈 좀 번다고 국가를 전복하려고 한다는 게? 그리고 그 책임을 아무런 잘못 없는 우리 일본에 뒤집어씌우고는 반성도 안 합니다!

시오노 슌지의 말은 빠르게 사람들 사이로 퍼지기 시작했다.

—어쩐지 이상했어.
—일본이 다른 나라를 침략할 리가 없지.
—조센징을 몰아내자.
—자기들끼리 죽으라고 해.

처음에는 그저 반한 감정을 가진 사람들이 댓글을 다는 정도였다.

사실 시오노 슌지가 그렇게 떠들고 다니기는 하지만 그렇다고 그가 무슨 증거를 제시한 것은 아니었다.

그 때문에 한국 사람들은 일본이 또 발작한다고 생각했다.

그러나 얼마 지나지 않아 상황은 돌변했다.

시오노 슌지가 본인의 주장의 근거를 내놨기 때문이다.

물론 노형진의 계획대로, 그 자료는 일본 정부가 몰래 시오노 슌지에게 준 것이었다.

—보세요. 이 자료를 보면 신성이 홍안수에게 준 돈의 규모가 최소 7천억입니다. 최소가 그래요. 아무리 홍안수가 대통령이었다고 하지만 그 정도 돈을 준다는 게 말이나 됩니까? 그럼 이 돈이 다 어디로 갔을까요? 애초에 내전을 하기 위해서는 막대한 돈이 필요합니다. 친위 쿠데타 이후에 홍안수가 막대한 돈을 뿌린 흔적이 여기저기 있습니다. 그리고 그때 유독 신성만, 쿠데타 중임에도 불구하고 별문제 없이 공장이 돌아갔어요.

물론 이 말은 모두 눈 가리고 아웅하는 거다.

애초에 계엄령이 떨어졌다고 해서 공장을 멈출 수는 없다.

그리고 아무리 홍안수가 제왕적 대통령이었다고 해도 7천억이라는 돈을 혼자서 모조리 먹지는 못한다.

시오노 슌지의 말대로 홍안수가 친위 쿠데타 이후에 사방에 돈을 뿌린 것은 사실이다.

그러나 현실적으로 봤을 때 쿠데타를 일으킨 사람은 어차피 막장인 상황이며, 모든 것을 얻든가 모든 것을 잃을 수밖에 없다.

그러니 당연히 가진 모든 재산을 뿌려 가면서 자리를 지키려고 하는 게 정상이다.

하지만 홍안수가 자기 딴에 정상적으로 행동했다고 해서 모두가 그를 정상으로 봐주는 건 아니었다.

—아니, 이게 뭔 개 같은 소리야?

—이야, 나라 꼴 보소.

—역시 헬조선.

—신성공화국 신성공화국 그러더니 진짜 신성에서 신성공화국을 세우려고 했나 보네.

—7천억? 자기네 공장에서 일하던 백혈병 발병 환자한테 500만 원 주지 않았냐?

—캬, 세계적인 기업. 신성 클래스 오지고 지리네. 뭔 사고를 그냥 국가 전복 단위로 쳐 버리네.

하나 한국의 반응은 좀 달랐다.

애초에 뇌물 받은 걸 알고는 있었으나 증명을 못 해 왔을 뿐이다.

그것이 이제는 증명되었을 뿐이기에, 사람들은 그다지 놀라워하지도 흥분하지도 않았다.

그저 조롱할 뿐이었다.

물론 한국인들에게는 그저 조롱일 뿐이지만 신성 입장에서는 미쳐 버릴 일이었다.

"회장님의 소환장이 나왔습니다."

"어떻게 해서든 막아 봐!"

"그게…… 그럴 수가 없습니다. 국가 반역 혐의로 소환장이 나왔기 때문에……."

"미친……. 아니, 우리가 미쳤다고 국가 반역 행위를 한다는 거야!"

아무리 신성이 돈에 환장한 기업이라고 해도 그런 미친 짓을 하지는 않는다.

그러나 홍안수와 그 일파에게 돈이 들어간 것은 사실이며 그 관련 증거가 일본에서 공개되었다.

부정할 수도 없다.

홍안수가 아주 꼼꼼하게 녹음 파일까지 챙겨서 넘겨줬으니까.

"어쩌다 그게 일본까지 넘어간 거야?"

"홍안수가 애초에 일본 스파이였으니 어찌 보면 당연한 일입니다만……."

"다른 의원들에게 이야기 좀 해 봐. 우리가 뿌린 돈이 있잖아?"

"이미 전화를 해 봤습니다만 대부분 거리를 두는 상황입니다."

단순 뇌물도 아니고 국가 전복과 관련된 사건이다.

섣불리 엮이면 자기 정치 인생까지 날려 버릴 상황인지라 대부분은 거리를 두면서 모른 척하기 시작했다.

"기소한 검사는? 그놈은 뭐야? 그쪽이랑 접촉해 봤어?"

"접촉했는데…… 전에 우리가 퇴출시켰던 검사입니다."
"뭐?"
이사는 당황했다.
퇴출이라는 말이 이해가 가지 않았기 때문이다.
"그게 무슨 소리야? 퇴출이라니? 우리가 퇴출시킨 놈이 왜 서울에 와 있어?"
"그게…… 지난번에 청장이 바뀌고 나서 다시 서울로 불려 올라왔답니다. 우리 뇌물 사건을 파고 다녀서 지방으로 퇴출시킨 건데……."
이사는 머리를 부여잡았다.
최악의 상황이 계속 벌어지고 있었다.
"그러면? 판사 쪽은?"
"아직 수사 중이라 확정되지 않았습니다. 확정되는 대로……."
"젠장, 최선을 다해서 틀어막아 봐. 무슨 일이 있어도 반역이랑 엮이면 안 돼. 사회 환원에 대해 이야기해 봐. 그걸로 일단 회장님부터 지켜야지."
반역으로 엮인 이상 가장 좋은 방법은 신성에서 막대한 사회 환원을 통해 국민들의 환심을 사는 것뿐이다.
실제로 기업들은 매번 그런 식으로 풀려났다.
회장이 위험하면 사회 환원을 통해 일단 형량부터 낮추는 것이다.
물론 회장이 풀려난 후에 약속을 지키는가 하는 건 전혀 다른 문제이기는 하다.

현실적으로 사회 환원을 하지 않아도 형법상의 일사부재리에 따라 다시는 처벌받지 않으니까.

일부 사건에 따라서는 민사가 있기는 하지만 그거야 돈 몇 푼 던져 주면 되는 거고, 감옥에만 가지 않는다면 돈이야 아깝지 않았다.

애초에 피해자 쪽에서 아무리 난리를 쳐도 판사들이 이미 신성의 사람이었기 때문에 제대로 배상금이 인정되지도 않았다.

"알겠습니다."

고개를 끄덕거리는 부하를 보면서 이사는 머리를 부여잡았다.

"망했다. 이미 준 돈을 돌려받을 수도 없고."

최악의 상황이라 생각했다.

하지만 그들이 정권이 바뀐 것을 너무 만만하게 본 게 실수였다.

정권이 바뀌면 물론 어느 정도의 변동은 늘 있었지만 신성 공화국이라는 말처럼 지금까지는 누구도 그들을 건드리지 못했다.

하지만 이제는 아니었다.

"사회에 환원하시는 거야 나쁘지 않습니다만."

한국의 기업들에 있어 중요한 건 사람이 아니라 회장님이다.

노동자는 천 명이 죽어도 상관없지만 회장님이 다치는 건 절대 안 된다.

오직 그걸 막기 위한 사회 환원이다.

그러나 사회 환원에 대해 할 말이 있다며 찾아온 자의 말은 이들의 예상과 좀 달랐다.

"전처럼 눈 가리고 아웅 하는 짓거리는 안 하셨으면 좋겠습니다만."

"무슨 말씀이신지?"

"사회 환원이라고 해 놓고 결국 지키지 않았잖습니까?"

상대방은 소파에 앉아서 느긋하게 말했다.

애초에 그는 신성이라는 곳에 대해 전혀 신경 쓰지 않는 모양새였다.

"저희는 그동안 최선을 다해서……."

"네, 최선을 다해서 빼돌리셨지요. 지금까지 사회 환원 약속을 세 번 하셨지요? 첫 번째 약속은 깨셨고, 두 번째 약속은 미술관을 만드는 거였는데 결국 운영하는 건 회장님의 며느님이시고, 세 번째 약속은 장학 재단인데 장학금을 받은 사람이 없었잖아요."

"……."

대기업의 방식이란 대부분 이런 식이다.

'사회로 환원하겠습니다.'라는 말은 하지만 정확하게 어디에 쓸지는 말하지 않는다.

그 돈을 국민들에게 나눠 주는 것도 아니고, 어딘가에 기부를 하는 것도 아니다.

자신들이 자선단체나 예술 단체를 만들어서 거기에 돈을 넣어 두고 직접 통제한다.

공식적으로는 사회 환원이지만 결국 그 돈이 어디로 가는 것은 아닌 것이다.

"이번에는 그렇게는 안 됩니다."

"그러면?"

"사용처는 정부가 지정하겠습니다. 금액도 2조 정도는 해야 하지 않겠습니까?"

"2조요!"

"반군한테 7천억이나 쓰셨으니 나라에 좋은 일 하는 데 2조 정도는 쓰셔야 하지 않겠습니까? 아, 조건은 일시불입니다. 적당히 할부로 하다가 나머지 떼먹을 생각 하지 마시고."

물론 그 7천억은 몇 년에 걸쳐서 조금씩 준 것이다.

아무리 이들이 돈이 많다고 해도 한 방에 7천억을 줄 수는 없다.

"그런……."

"아니면 그냥 반역으로 쭉 가고요."

그 단호한 말에 신성의 이사는 고개를 푹 숙일 수밖에 없었다.

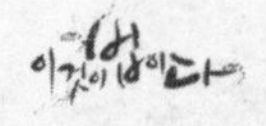

⚖

"하하하, 자네 말이 맞더군! 신성에서 이번에는 완전히 꼬리를 말았어!"

유민택은 즐거운 듯 웃음을 터트렸다.

노형진은 유민택과 만나서 예상되는 신성의 대응책을 말해 주었다.

어려운 일은 아니었다.

애초에 신성은 오랫동안 그런 식으로 문제를 해결해 왔고, 정치인과 판검사가 그들의 편인 이상에야 그건 언제나 먹히는 방법이었다.

하지만 이제는 아니다.

"그들의 방법은 뻔하지요. 사회 환원을 이야기하면서 국민들의 시선을 돌리고 뒤에서는 검찰과 법원을 움직여서 처벌을 낮춥니다. 그리고 그 후에 풀려나면 그 약속을 깨는 거죠."

문제는 현행법상 신성 같은 기업이 그 약속을 깬다고 해서 문제 될 건 없다는 것이다.

일단 그들이 이야기하는 것은 기본적으로 기증이지 거래가 아니다.

그리고 기증의 의사는 언제든 철회해도 불법이 아니다.

물론 그 과정을 통해 회장의 처벌 수위가 낮아지는 것이 사실이나, 그건 어디까지나 선처의 영역이지 거래가 될 수는 없다.

한국은 사법 거래를 인정하지 않고 있으며, 그 때문에 기증과 처벌은 엄밀하게 말하면 전혀 다른 영역에 속하고, 그 기증이 철회된다고 하더라도 불법은 아니라는 것이 바로 법원의 판단이다.

"이번에도 그 수법을 쓸 거야 뻔한 일이고요."

"그래. 덕분에 정부가 일하기 쉬워졌어."

정권이 바뀔 때마다 신성은 정권 길들이기에 힘써 왔다. 그리고 대부분은 먹혔다.

하지만 이번에는 정반대로 정부에서 신성에 제대로 엿을 먹이고 시작할 수 있게 되었다.

"일단 그래도 아직 끝난 건 아닙니다. 분명히 신성에서는 기업의 돈으로 틀어막으려고 할 테니까요."

진짜로 사회 환원을 하려고 한다면 사실 회장 일가의 돈으로 하는 게 맞다.

하지만 그들은 언제나 그 돈을 자기 돈이 아닌 기업의 돈으로 해결하려고 했다.

"이번에는 쉽지 않을 겁니다."

청구한 금액이 무려 2조다.

물론 협상을 통해 상당히 낮춰지겠지만, 그렇다고 해도 전처럼 푼돈으로 틀어막지는 못할 것이다.

"그리고 이번 사용처는 정확하게 인식시켜야 합니다."

"그러고 보니 자네가 사용처도 적당히 정해 주는 게 좋다고 했지? 어떤 게 좋겠나?"

유민택은 사실 그게 걱정되었다.

이러한 기부는 사실 여러 가지 함정이 많다.

일단 기업에서 자기들끼리 해 처먹는 건 피할 수 있게 되었다. 하지만 그 돈을 정치인들이 해 처먹는 건 또 다른 이야기다.

사실 전부는 아니더라도, 그 돈을 정치인이 해 처먹을 방법이 없는 건 아니다.

가령 어떤 지역에 후원으로 체육관을 지어 준다고 치자.

원래 공사 비용은 200억이라면, 정치인이 끼어들어서 그 돈을 400억이라고 부풀린다.

그리고 공사는 200억에 진행한다.

그 대가로 정치인은 10억쯤 받아 가고, 기부를 하기로 했던 기업은 200억을 아낀다.

이런 수법은 흔해 빠져서 누구나 다 아는 수준이다.

대표적인 예가 바로 천안 야구장이다.

예산 780억인데 땅값으로 650억이 들어갔다.

그리고 그 땅은 천안시장의 친구가 가지고 있던 땅이었다.

아무것도 없는 허허벌판에 그 돈이 들어간 것이다.

더군다나 그렇다고 해도 공사비로 130억이 남아 있는데, 가 보면 있는 거라고는 컨테이너 하나뿐이다.

780억짜리 야구장에 그 흔한 관중석 하나, 매점 하나 없는 것이다.

이런 식으로 장난을 쳐서 돈을 빼돌리는 건 한국의 정치계에서는 아주 흔한 일이었고, 검찰이나 경찰도 그동안은 알면서도 모른 척해 왔다.

그에 대해 조사한다고 슬쩍 조사 대상에게 찔러주면 그 돈 일부는 소위 말하는 떡값이라는 명목으로 나왔으니까.

이번에도 마찬가지, 그걸 감시하고 운영하는 걸 관리해야 할 정치인들에게 신성이 뇌물을 주면 그들은 눈을 감을 테고, 기증한 돈은 세탁을 거쳐서 다시 신성에 넘어갈 것이다.

"그렇게 정치인들이 돈을 처먹는 걸 막을 방법이 있지요."

"어떻게?"

"돈의 사용처로, 빚의 변제를 조건으로 달면 됩니다."

"빚의 변제? 그건 기업에 좋은 게 아닌가?"

"제가 언제 신성의 빚이라고 했습니까?"

"응? 그럼 누구 빚이란 말인가?"

"제3자의 빚이지요. 대학생들의 등록금으로 발생한 빚이라든가, 아니면 어쩔 수 없이 물려받은 빚 같은 것 말이지요."

쉽게 말해서 국민들의 빚을 갚아 주라는 거다.

"아!"

그리고 그건 확실히 정치인들에게 돈이 흘러갈 수가 없다.

물론 정치인들의 빚을 갚아 주는 데 쓰려고 할 수도 있지만……

"그걸 감시하는 시민 단체들을 모으면 감시는 어렵지 않을 겁니다."

전국의 수많은 사람들이 가진 빚.

그로 인해 재기도 불가능하고 그저 허덕거리면서 바닥에서 살아가는 사람들.

그들의 빚을 갚아 줌으로써 그들의 재기를 돕고 빼돌림을 막는다.

"솔직히 그 돈으로 미술관을 짓는 건 의미가 없지요."

미술관이라는 것은 기본적으로 부동산이고 자산이다.

당연히 그걸 쥐고 있는 사람이 그걸 지배하니, 사회에 환원한다고 하지만 결국 환원이 아니다.

어떤 지역에 미술관을 짓는다고 해서 그 지역의 경기가 살아나는 것도 아니고, 그 지역 사람들의 삶이 윤택해지는 것도 아니니까.

그리고 그 지역에서, 그 미술관에서 유유자적 그림을 보면서 문화생활을 할 수 있는 사람의 숫자는 그다지 많지 않다.

가령 미술관을 짓고 그 안에 예술품을 채운다고 생각해 보자.

과연 그 미술관에 가 그 예술품을 즐기며 거래할 사람들은 얼마나 될까?

그런 예술품을 거래한다는 것 자체가 사회적으로 부자들이라는 의미다.

즉, 사회 환원한다고 미술관 지어 봐야 결국 부자들끼리 다 나눠 먹는다는 소리다.

"하지만 빚은 아닙니다."

직접적이고, 확실하게 지역을 부활시킬 수 있으며, 또한 가장 많은 사람들이 혜택을 볼 수 있다.

"물론 모든 빚을 다 갚아 줄 수는 없지요."

대략 1인당 2천만 원 선에서 갚아 주기만 해도 그 부담은 훨씬 덜한 게 사실이다.

"그리고 이렇게 하면 신성은 빼도 박도 못하거든요."

"채권의 승계 말이군."

돈이 없다고 버틸 수도 있다.

그러나 그러면 채권만 승계해 두면 된다.

돈이 생기면 그때 갚으라고 말이다.

즉, 지금 돈이 없다고 버티면서 안 갚으면, 채권을 신성으로 돌려서 그들이 나중에 갚을 수밖에 없도록 하면 되는 것이다.

"그건 불법도 아니니까요."

양자가 동의하고 채권자가 승인해 준다면 당연히 채권은 신성으로 넘어간다.

그리고 그걸 거부할 채권자는 없다.

돈을 받을 수 있을지 확실치도 않은 가난한 사람보다는, 돈을 확실하게 받을 수 있는 신성이 채권자 입장에서는 더 유리하니까.

"그리고 국민들의 막대한 지지가 따라오지요."

국민들도 이런 수법에 대해 잘 안다.

하지만 채권이라는 것은 결국 직접적으로 자기들이 이익을 보게 되는 것이다.

당연히 국민들은 새로운 대통령과 정권에 환호를 보내게 될 테고, 신성 입장에서는 이 조건을 거부할 수가 없다.

애초에 신성이 사회 환원을 한다고 하는 이유는 국민들에게 잘 보이기 위해서인데 거기에다 대고 '그렇게는 못 합니다.'라고 하면 대놓고 '우리는 약속을 안 지키거나 뒤통수를 치겠습니다.'라고 말하는 꼴이니까.

"계획대로 흘러간다면 신성은 두한자동차 인수에 입도 뻥긋 못 하겠군."

"그거 신경 쓸 시간이 있을까요?"

노형진은 빙긋 웃으며 말했다.

"설사 인수전에 끼어든다고 해도 아마 좋은 소리는 못 들을 텐데요."

수사가 진행되고, 신성은 예정대로 반성의 의미로 1조 3천억을 제공하겠다고 뉴스를 냈다.

원래 요구한 건 2조이지만 신성의 입장에서는 너무 부담이 되기 때문에 깎아 달라고 읍소해서 깎은 것이다.

처음에는, 사람들은 그래 봤자 눈속임이라고 생각했다.

하지만 얼마 후 정부에서 발표한 내용은 사람들을 환호에 빠트렸다.

-해당 금액은 전액 국민들의 빚을 갚는 데 쓰일 것입니다. 국가의 빚이 아니라 국민들의 빚입니다. 1인당 2천만 원 한도에서 신성에서 그 채무 탕감을 지원하며, 신성에서 채권을 인수하는 형태로 이루어질 것입니다. 조건은 무주택자와 빚으로 인해 생활이 힘든 사람들이 될 것이며, 심사는 각 지역에서 랜덤하게 선정된 사람들이 하게 될 것입니다.

국민들의 빚을 직접적으로 변제하도록 하겠다는 정부의 발표.

지금까지와는 다른 정확하고 투명한 사회 환원에 국민들은 환호성을 내질렀다.

기존에 박기훈과 민주수호당을 비난하던 사람들도 이번에는 입을 다물었다.

빚이 있는 사람들의 입장에서는, 그랬다가 탕감 대상에 포함되지 않으면 곤란하기 때문이다.

그렇게 모두가 행복할 때 신성만은 불행했다.

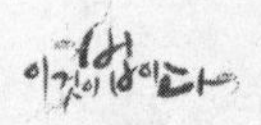

"뭐라고?"

신성의 이사는 믿을 수 없다는 듯 떨리는 눈으로 비서를 보았다.

충격적인 소식을 전한 비서는 막 이사실로 뛰어들어 온 참이었는데, 어찌나 경황이 없던지 옷 여기저기가 흐트러져 있었다.

이사는 재차 말했다.

"다시, 다시 말해 봐."

"주주총회가 긴급 소집되었습니다. 그런데 거기서 나온 얘기가, 무슨 권한으로 1조 3천억이나 빼돌려서 회장님의 범죄행위를 은닉하는 데 써먹느냐는……."

"뭐?"

"그리고 회장님의 불신임이 건의되었습니다. 사실상 회장님의 범죄를 신성에서 막아 주는 꼴이라며……."

이사는 머리를 부여잡았다.

"당장 주주들에게 연락하고 어떻게든 회장님을 보필해. 아니, 충격받으실 수 있으니 바로 병원에 입원시키고."

"하지만 회장님은 구속 상태라……."

"어떻게든 풀어 봐."

"그게, 구속적부심이 인정되지 않아서……."

그 말에 이사는 머리가 깨질 듯한 얼굴이 되었다.

고난은 지금부터 시작이었다.

이건 이제 제 겁니다

두한자동차의 구입 결정에서 결국 신성은 빠르게 빠져나갔다. 일단 막대한 금전적 피해가 발생했기 때문이다.

물론 주주들의 반발로 신성 자체의 자금이 새어 나간 것은 아니나 회장의 재산이 10분의 1이나 날아가 버리는 상황이 되어 버렸기 때문에 회장은 치명타를 입었고, 그 상황에서 위험한 두한자동차의 경쟁에 끼어들 여력이 없었다.

그랬다가는 진짜로 자리에서 쫓겨날 판국이니까.

더군다나 이번 사건으로 신성의 파괴력이 더욱 강해지는 것을 꺼리는 국민들의 반응에 신성은 울며 겨자 먹기로 결국 레이스에서 빠져야 했다.

만일 신성이 자동차까지 먹어 버리면 견제할 수조차 없는 괴물이 되어 버린다는 말에 많은 사람들과 정치인들이 공감한 데다가, 애초에 두한이 두한자동차를 판매하기로 한 것은 결국 두한자동차의 이미지 쇄신 때문이었는데 정작 신성의 이미지가 박살이 났으니 당분간 원상 복귀는 불가능하다는 내부 판단이 있었던 것이다.

그리고 이번 사태의 모든 원인이 일본에 있다는 것을 알아챈 신성의 회장은 이를 빠드득 갈면서 비밀리에 일본에 보복할 것을 천명해서 다른 곳에 돈을 쓸 여유가 없어졌다.

결국 한국의 유일한 참가 기업은 대룡이 되었고, 협상 자체도 쉽게 진행되었다.

한 가지만 빼고 말이다.

"대룡은 물러가라!"

"우리 직장은 우리가 지킨다!"

"대룡은 꺼져라!"

어느 정도 협상이 진행되면 당연히 그 소식은 외부에 나갈 수밖에 없다.

다른 기업들은 아차 했다.

허가 문제는 생각도 못 했기 때문이다.

당연히 다른 곳들도 다급하게 허가를 신청했지만 이미 유리한 건 대룡이었다.

지금 신청한 게 언제 나올지는 알 수가 없으니까.

"그리고 우리는 바로 허가가 나왔지."

차량 제조 판매 허가가 나온 이상 이제 대룡도 한국에서 차를 만들어서 팔 수 있다.

물론 그러기 위해서는 두한자동차를 인수해야 한다.

"그런데 물러날 생각이 없어 보이는데요?"

공장의 입구를 막고 시위하는 두한자동차의 노조원들.

그들은 눈이 벌게져 있었다.

"당연하죠. 설마 폐업이라는 극단적 선택을 할 줄은 몰랐을 테니까."

"하긴, 브랜드 가치를 생각하면 보통 그건 말 그대로 미친 짓이지요."

두한자동차의 인수가 아니라 두한자동차 '장비'의 인수, 그리고 두한자동차의 '폐업'이라는 것은 저들로서는 생각해 보지 못한 방법이었다.

"사실 눈 가리고 아웅이기는 하지만요."

현실적으로 보면 아무리 두한자동차가 망가졌다고 해도 그 브랜드 가치가 0원이 될 수는 없다.

그러나 그 해결 방법은 간단하다.

다른 동산이나 부동산의 가치를 높여서 판단해 주면 된다.

두한 입장에서는 어떤 방식으로든 돈만 들어오면 되는 거고, 대룡 입장에서는 어떤 방식으로든 장비와 토지 그리고 건물이 넘어오면 되는 거다.

"노조는 기업 소속이니까. 두한이 폐업하면 전혀 상관없는 기업이 되니까요."

노형진은 그렇게 말하며 시위하고 있는 사람들에게 다가갔다.

"그래도 위험하지 않을까요?"

"위험해도 해야 합니다. 한번 저들을 꺾어야 기업이 제대로 운영될 겁니다."

노형진은 그렇게 말한 뒤 무태식을 비롯한 다른 사람들을 데리고 천천히 공장으로 다가갔다.

그리고 입구를 막고 시위하는 시위대와 마주했다.

"너희는 뭐야?"

"대룡그룹의 실사 팀입니다. 오늘부터 두한자동차에 대한 현장 실사를 하러 왔습니다."

그 말을 들은 시위자들의 얼굴이 살벌하게 변했다.

"누구 마음대로!"

"누구 마음대로가 아니라 거래하기 위해서는 당연히 현장 실사를 해야지요."

"웃기는 소리! 우리 회사는 우리가 지킨다!"

'웃기고 자빠졌네.'

그동안 악착같이 피를 빨아먹었던 게 바로 그들이다.

제대로 일도 하지 않았고, 도움이 되는 노조도 아니었다.

자신들만의 이권을 위해 그렇게 싸우고는, 이제 와서 하는 소리가 자기 회사는 자기가 지킨다니.

노형진은 그들을 보면서 비웃음을 날렸다.

물론 그런다고 해서 그들이 반성하고 뭔가를 고칠 가능성은 높지 않다.

아니, 그럴 자들이었다면 현실적으로 이렇게까지 하지 않았을 것이다.

인간은 고쳐 쓰는 게 아니다.

노형진이 언제나 하는 말이다.

"그래요? 그러면 뭐, 방법이 없지요."

노형진은 어깨를 으쓱했다.

"경찰서에서 뵐 수밖에요."

"우리는 정당하게 파업하고 있는 거야!"

"글쎄요, 과연 정당한 파업일까요?"

노형진은 빙긋 웃었다.

그는 그들이 이렇게 나올 거라는 걸 알고 있었다.

그리고 그것에 대비해서 모든 준비를 한 상황.

"그러면 경찰서에서 뵙도록 하지요."

노형진은 차가운 눈빛으로 그들을 바라보았다.

두한자동차는 결국 사업을 폐업하고 그 후에 장비 전부를 대룡자동차에 넘기는 것으로 마무리 지었다.

실사가 제대로 되지는 않았지만 일단 계약 자체는 성립되었다.

다만 돈은 실사 이후에 지급한다는 조항을 달아서 만일의 손실에 대비했다.

그러나 당연하게 두한자동차의, 아니 두한자동차였던 회사의 노조는 여전히 파업을 풀지 않고 버티기에 들어갔다.

그들의 요구 조건은 고용 승계와 지금까지의 혜택 유지였다.

아니, 사실 그것만이 아니었다.

"이제는 아주 막나가는군."

그도 그럴 것이, 아예 공장의 운영에 관련된 계획을 수립하거나 매각을 하려 할 때에는 반드시 노조에 허락을 받으라는 황당한 조건을 내걸었기 때문이다.

"아직 그들은 상황이 이해가 되지 않은 거죠."

일단 계약서에 도장이 찍힌 이상 그곳은 그들의 공간이 아니다.

폐업 처리가 되었고, 그곳에 들어선 것은 전혀 다른 '대룡자동차'라는 기업이다.

"그러니 우리가 할 일은 하나뿐입니다."

⚖

시위하는 사람들. 그들이 머리에 띠를 두르고 입구를 틀어

막고 있는 그때, 한 무리의 사람들이 다가오는 게 보였다.

"어? 뭐야?"

그들은 다가오는 사람들을 보고는 눈을 크게 떴다. 누구인지 알았기 때문이다.

"너 이 새끼들, 여기가 어디라고 기어들어 와?"

"간땡이가 부었지? 우리가 파업하고 있는 동안에는 회사 근처에 얼씬도 하지 말라고 했지?"

그들은 다름 아닌 회사의 비정규직이었다.

정확하게 표현하자면 '비정규직이었던' 사람들이다.

그들 중 일부가 정식으로 고용되어 첫 출근을 한 것이다.

"어…… 그게……."

입구를 틀어막고 들어가지 못하게 하는 사람들을 보면서 그들은 움찔거리면서 눈치를 봤다.

수십 년간 그들에게 그렇게 착취당하다 보니 그들을 보자 본능적으로 몸이 굳은 것이다.

"오늘부터 여기서 일하라고 해서요."

"일? 누구 마음대로? 어? 누구 마음대로!"

"그…… 회사에서."

"미친! 파업 중인 거 몰라?"

"하지만 회사에서는 오늘부터 근무하라고……."

눈치를 살피면서 말하는 사람들.

그리고 그런 새로운 직원들에게 흉흉한 표정으로 몰려드

는 구 두한자동차의 노조원들.

“이런 개새끼들이 미쳤나?”

그들의 발길질에 ‘퍽!’ 하고 누군가 나가떨어졌다.

“야! 여기가 어딘 줄 알아! 두한자동차야! 어디 노조의 허락도 안 받고 일하래?”

남자가 배를 잡고 끙끙거리며 바닥을 나뒹굴자 대꾸도 못 하고 그저 잔뜩 움츠러드는 사람들.

그런 현장에 노형진이 나타났다.

“지금 뭐 하는 겁니까?”

“아…… 저기…… 이 사람들이 입구를 막고 있어서…….”

“그게 무슨 상관이에요? 다들 들어가서 근무 준비하세요.”

“당신 뭐야? 당신이 뭔데 두한자동차에 지랄하는 거야?”

“두한? 뭔 소리입니까? 여기는 두한이 아니라 대룡자동차입니다. 난 이 대룡자동차에 투자한 마이스터의 대리인이고요.”

“여기는 두한이야!”

노형진은 피식 웃었다.

“두한자동차는 사라졌습니다.”

“뭐?”

“두한자동차는 어제부로 공식적으로 폐업 처리가 되었습니다. 이제 두한자동차는 존재하지 않지요. 남은 건 두한자동차가 아니라 대룡자동차입니다.”

노조원들은 정신을 차리지 못하고 멍하니 노형진을 바라

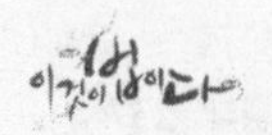

보았다.

"간단하게 말하죠. 당신들은 이제 아무것도 아니란 겁니다. 기업이 없으면 노조도 없으니까."

"무슨 개소리야! 여기에 아직 사람들이 있고 기계가 있는데!"

"그건 대룡자동차에서 인수했습니다. 그리고 여기에 있는 분들은 대룡자동차의 신입 사원들이고요."

노형진은 구석에서 눈치를 보고 있는 사람들을 가리키면서 말했다.

"당장 안으로 들어가서 업무 시작하세요. 안으로 들어가서 두한이라는 이름을 대룡으로 바꾸고 장비들을 점검하려면 시간이 오래 걸릴 겁니다."

그들이 일함과 동시에 실사에 들어가야 한다.

그렇게 노형진이 서두르라고 했지만 어째서인지 사람들은 움직일 생각을 하지 않았다.

정확하게는 노조의 눈치를 보느라 움직이지 못한다는 게 맞는 말일 것이다.

'하긴, 수십 년 동안 당해 왔으니 당연히 주눅이 들 수밖에 없지.'

그러니 노조에 뭐라고 대응도 못 하는 것이다.

"당장 들어가서 일하세요. 현재 여러분들은 인턴 기간이라는 점, 잊지 마세요."

즉, 정식 직원이 아니라 견습이라는 거다.

당연히 사람들은 움찔했다.

힘들게 잡은 정규직 일자리다. 거기에다가 기존보다 월급이 높아졌다.

기존의 파견 회사에서 뜯어 가던 부분들이 사라졌기 때문이다.

그래서 그들은 노형진의 눈치를 보면서 회사 안으로 들어가려고 했다.

"누구 마음대로 들어가, 이 새끼들아!"

노조에서는 당연히 그걸 틀어막았다.

"회사를 인수했으면 우리한테 보고해야지!"

"무슨 소리입니까? 우리가 왜 당신들한테 보고해요?"

"회사를 인수했다면서! 당연히 고용 승계는 기본 아니야?"

"뭔가 착각하는 모양인데, 우리가 구입한 건 땅과 장비와 건물입니다. 회사 따위가 아니라."

"그게 그거지!"

'그게 그거가 전혀 아닌데.'

엄밀하게 말하면 전혀 다른 거다.

이 문제는 무척이나 복잡하고 예민하다.

회사를 구입하는 것은 그 회사의 부채를 비롯해서 모든 것을 승계한다는 것을 의미한다.

하지만 그 회사가 폐업한 후에 남은 부동산과 동산을 구입하는 것은 같은 회사가 아니라는 의미다.

똑같은 자리에서 똑같은 일을 하지만 똑같은 회사는 아닌 것이다.

"아까도 말했지만 우리는 대룡자동차이지 두한자동차가 아닙니다. 당신들, 두한자동차 노조라고 자꾸 주장하시는데, 두한자동차는 이미 사라졌어요. 전혀 엉뚱한 기업에 와서 행패를 부린다고 해서 우리가 당신들을 고용할 거라 생각하면 아주 심각한 오산입니다."

저들은 아직 기업의 인수와 장비의 인수의 차이를 전혀 모르는 듯했다.

"웃기는 소리 하지 마!"

그러자 발끈하면서 앞으로 나가서 입구를 틀어막는 노조원들.

그리고 들어가려고 하는 직원들을 손으로 밀치기 시작했다.

"나가! 나가라고! 아직 파업 중이야!"

"당신들이야말로 나가야 합니다. 여기는 대룡자동차 공장입니다. 당신들은 여기에 있을 이유가 없어요."

"누구 마음대로! 말장난으로 누구를 속이려고! 꺼져! 안 꺼져?"

노형진은 잠깐 고민했다.

여기서 대응 방법은 두 가지다.

첫 번째는 노동자들을 이용해서 저들을 끌어내는 것.

빠르기는 하겠지만 문제가 생길 가능성이 크다.

일단 저들도 저항할 테고, 아직 다 고용한 게 아니라서 이쪽이 수적으로도 열세다.

지금 온 사람들은 회사를 정리하기 위해 사전에 고용된 이들일 뿐이다.

'결국 대응책은 후자뿐이군.'

"당장 나가지 않으면 경찰을 부르겠습니다."

"경찰 불러! 우리는 합법적인 파업 중이라고!"

그들은 그렇게 주장했다.

그러나 경찰이 왔을 때, 그들은 당황할 수밖에 없었다.

"나가세요."

"우리 파업 중이라니까!"

"두한자동차 노조라면서요? 여기는 대룡자동차예요. 아예 기업이 바뀐 이상 여러분들은 파업할 이유가 없어요."

"누구 마음대로!"

"저분이 이미 말씀하셨다면서요, 두한자동차는 폐업했다고. 그러면 여기는 두한과 아무런 관련이 없습니다."

경찰이 나서서 진지하게 말하고 나서야 그들의 눈에 당혹감이 서리기 시작했다.

'그렇겠지. 설마 진짜로 회사가 폐업 처리할 거라고는 생각도 못 했겠지.'

저런 강성 노조의 생각이다.

회사가 잘나가는데 왜 망하겠느냐? 설사 망한다 하더라도

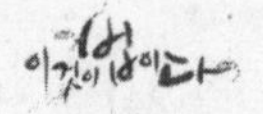

우리는 이권을 차지해야겠다.

그게 그들의 생각이었다.

물론 그런다고 해서 모든 일이 소원대로 되는 건 아니었다.

"그럴 리가 없어! 이건 눈 가리고 아웅이라고! 나도 법을 알아! 승계하지 않는다 해도 고용인이 같다면 그건 같은 기업으로 본다고!"

누군가 소리를 질렀다.

아마도 법에 대해 조금은 아는 사람인 듯했다.

하지만 그가 아는 건 진짜 '조금'이었다.

"물론 그런 법이 있지요. 하지만 그 조건은 아십니까?"

"뭐?"

"같은 업무를 하며 같은 임직원을 데리고 업무를 진행한다면 당신이 말한 그 실질적 승계가 인정됩니다. 하지만 이번 경우는 뭐가 같다는 거지요?"

주인은 두한에서 대룡으로 바뀌었다. 당연히 임직원도 싹 다 바뀌었다. 심지어 직원조차도 고용 승계된 것이 아니라 새로 뽑은 사람들이다.

"하지만 저 새끼들은 분명 우리 쪽 애들이잖아."

"무슨 말씀을 하시는 건지."

노형진은 어깨를 으쓱했다.

이제 그들의 꼼수가 자기 발등을 찍는 상황이 된 것이다.

"저분들은 여기에 속한 적이 없습니다."

"뭔 개소리야! 저 새끼들이 여기서 일하는 걸 우리가 봤는데!"

"맞아! 우리가 봤다고!"

"일을 시킨 게 우리야!"

"제가 언제 여기서 일을 안 했다고 했나요? 저들이 여기 소속인 적이 없다고 했지."

저들은 외부에서 파견된 외부 직원일 뿐이며 당연히 두한 소속이 아니다.

즉, 동일한 직원을 쓴다는 점이 인정되지 않는다.

근무한 것은 사실이나, 저들은 이곳 소속이 아니라 다른 회사의 소속이었으니까.

"그리고 그 회사는 망해서 폐업하거나 저분들을 해직시켰지요."

그 말은 두한과 그들의 연관 관계는 전혀 없다는 거고, 저들의 선발은 대룡이 독자적으로 했으니 전적으로 대룡의 영역이었다는 걸 의미한다.

더군다나 자동차의 제조 판매는 국가의 허가가 필요한 일이다.

즉, 국가에서 그에 따른 허가를 내준 시점에서 완벽하게 개별적인 기업이라는 걸 인정한 거다.

"그게 무슨……."

소리를 질렀던 남자는 당황해서 주춤주춤 물러났다.

"그만!"

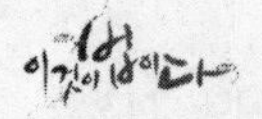

그렇게 대혼란의 상황에서, 누군가가 그들의 뒤에서 나타났다.

"오! 황 위원장!"

"위원장님!"

황교식. 전 두한자동차 노조의 위원장이다.

'그렇지, 전 위원장이지.'

두한자동차가 사라진 이상 이제 그는 아무것도 아니다.

"일단 저희와 협상하시지요. 이러지 마시고 안으로 들어오십시오. 노조 사무실에서 차라도 한잔하시면서 이야기를 나눠 보시죠."

황교식은 느긋하게 말하고 있었다.

겉으로 보기에는 아주 느긋해 보인다.

하지만 노형진의 눈을 속일 수는 없었다.

'다급하군.'

설마 진짜로 두한이 폐업 처리라는 극단적 선택을 할 줄은 몰랐던 것일까?

그는 애써 당혹감을 감추는 모양새였다.

'뭐, 그런 거라면 내가 놀아나 줄 필요는 없지.'

애초에 그들에게는 기회가 있었다.

하지만 그 기회를 날려 버린 건 바로 그들 본인이다.

"무슨 말씀이십니까?"

"네?"

"저희는 노조 사무실 같은 거 허락한 적 없습니다."

"아니, 그게……."

그 공간에 대한 사용을 암묵적으로 인정받으려는 수작이었던 것 같지만 노형진은 거기에 놀아날 생각이 전혀 없었다.

"자칭 노조라고 주장하는데, 우리 회사에는 노조가 존재하지 않습니다."

노조를 인정하지 않는 게 아니다.

한국은 노조가 신고제로 운영된다.

그리고 현재 대룡자동차 노조라고 신고된 곳은 없다.

"당신들이 대룡의 자산을 무단으로 점유하고 노동자도 아니면서 노조라고 우긴다고 해서 노조인 것은 아니죠. 당장 짐 빼십시오. 그리고 회사에서 나오세요. 최후의 경고입니다."

노형진의 말에 황교식은 어떻게 해서든 이야기를 해 보려고 했다.

"자, 자! 그러지 마시고……."

"경찰분들, 이 사람들은 현재 대룡의 땅을 무단으로 점거하고 있습니다. 이 사람들을 권리행사방해죄로 모두 고발하겠습니다."

"권리행사방해죄?"

"그건 뭐야?"

서로가 서로를 바라보는 노조원들.

권리행사방해죄는 타인의 정당한 권리 행사를 방해하는

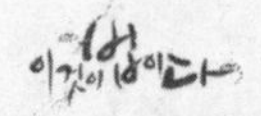

사람들을 처벌하기 위해 만들어진 거다.

업무방해와는 다르다.

업무와 다르게 일반적 사회생활, 개인적 생활을 침해하는 것에 대해 처벌하는 것이다.

'이 경우는 업무가 제대로 시작된 게 아니라 업무방해로 보기 힘들거든.'

하지만 그들은 지금 입구를 틀어막고 노동자들이 들어가지 못하게 막고 있었다.

명백한 권리행사방해죄가 성립된다.

만일 이곳이 여전히 두한의 공장이었다면 파업으로 인한 방해니까 일종의 면책이 이루어진다.

하지만 이제 이곳은 두한이 아니고, 당연히 면책도 이루어지지 않는다.

"같이 가시죠."

경찰들은 어쩔 수 없다는 듯 앞으로 나서서 그들을 통제하려고 했다.

"이곳은 이제 두한의 공장이 아닙니다. 권리행사방해죄가 성립되는 건 확실하니까 같이 가셔서 진술서를 써 주셔야 할 것 같습니다."

아무리 노조의 세력이 강하다지만 대룡에 비할 바는 아니다.

당연히 경찰들은 그들을 데리고 가서 진술서를 쓰게 하려고 했다.

노형진이 고발한 건 한두 명이 아니라 여기에 있는 전부니까.

하지만 그들은 그 상황에서 잘못된 선택을 했다.

“놔! 안 놔!”

“동행하셔야 한다니까요!”

“저리 안 꺼져! 우리는 합법적인 파업 중이야!”

“합법이 아니라 불법입니다. 더 이상 일을 키우지 마시고 철수하세요.”

경찰은 최대한 좋게 일을 해결하려고 했다.

하지만 상황은 그렇게 좋게 흘러가지 않았다.

“누구 마음대로!”

퍽!

누가 먼저 공격했는지는 모른다.

하지만 누군가 먼저 경찰을 공격했다.

그리고 경찰이 쓰러지자 그런 경찰에게 발길질이 날아들었다.

“으억!”

“이 개새끼들아, 우리가 누군지 알아!”

“짭새들 주제에 감히 우리가 누군 줄 알고 손을 대!”

노형진은 그걸 보면서 혀를 끌끌 찼다.

‘뭐? 감히?’

그들은 노동자다. 그런데 경찰에게 ‘감히’란다.

노형진이 가장 싫어하는 말 중 하나가 바로 ‘감히’라는 단어다.

'감히'라는 것은 민주주의의 원칙 중 하나인 평등을 완전 부정하는 말이기 때문이다.

하물며 민주주의의 핵심은 대부분의 국민들이 해당되는 노동자다.

그런데 그런 노동자라는 자가 경찰을 폭행하면서 '감히'란다.

"당장 저 사람들을 끌어내세요."

눈이 돌아간 노조는 미친 듯이 공격을 하기 시작했다.

이대로라면 누군가 죽어도 이상하지 않을 상황이었기에 노형진은 마음이 다급했다.

"빨리 꺼내요."

"네? 아, 네."

"어이…… 어이! 진정해!"

아차 싶었던 황교식은 그제야 노조원들을 말리기 시작했다.

전에는 경찰이 출동해도 무시하면 되는 일이었다.

두한에서 경찰을 부르면, 이쪽에서는 더 지랄하면서 피해를 주면 되는 상황이었으니까.

하지만 이제는 아니다.

이들은 이제 이곳의 노조도, 근무자도 아니다. 보호받을 이유가 없다.

"경찰이지요? 여기 대룡자동차입니다. 전에는 두한자동차 공장이었고요. 여기서 수백 명이 경찰을 폭행하고 있습니다.

이러다 경찰들 다 죽어요!"

노형진은 경찰에 신고를 하고는 전화를 끊었다.

그리고 식식거리는 노조원들을 보면서 차갑게 말했다.

"감히라……. 그래, 너희가 그렇게 신분의 차이를 만들고 싶다면 그게 얼마나 무서운 건지 뼈저리게 느끼게 해 주마. 감히 나를 건드려?"

노형진의 눈이 제대로 돌아갔다.

그날 일은 그렇게 끝나는 듯했다.

하지만 다음 날 언론에서는 하나같이 두한자동차 노조원들에 대한 뉴스를 내보냈다.

—두한자동차 노조라고 주장하는 자들이 현재 대룡자동차를 점거하고 무단으로 시위하고 있다고 합니다. 그들은 대룡자동차에 자신들을 두한자동차와 동일한 조건으로 고용할 것을 요구하며…….

—대룡에서는 두한자동차는 이미 사라졌으며 대룡자동차는 완전 별개의 산업체라는 점을 주장하며…….

—대룡 측의 주장에 따르면 그들을 동일한 조건으로 고용하는 경우 현재 고용한 대부분의 직원들을 해고해야만 한다면서, 일부의 욕심을 채우기 위해 근거도 없는 주장을 하는 그들을 고용할 계획은

없다고…….

연일 계속되는 뉴스. 당연히 사람들에게서는 그다지 좋은 반응을 얻을 수가 없었다.

두한자동차 노조는 귀족 노조로 그 전부터 국민들에게 여러 이유로 욕먹던 중이었다.

가장 대표적인 예가 바로 공장 내 와이파이 문제였다.

원래 자동차 공장 내에는 와이파이가 설치되어 있었다.

그런데 일부 노동자들이 업무에 충실하지 않고 그 와이파이를 이용해서 동영상을 관람하거나 게임을 하는 등의 행동을 하기 시작한 게 문제였다.

애초에 자동차라는 것은 편리를 위해 만들어진 도구이지만 동시에 거대한 흉기이기도 하다.

수십 킬로미터로 달리던 중 뭐 하나라도 빠지면 운전자와 탑승자뿐만 아니라 주변의 다른 차량들도 사고가 나서 사망자가 발생할 수도 있다.

그런데 와이파이를 이용해 일은 안 하고 영화나 드라마를 보거나 게임을 하기 시작하니 당연히 집중력이 떨어졌고, 그건 불량률의 상승으로 이어졌다.

그러자 회사에서는 와이파이를 끊어 버렸는데, 그 당시 두한 노조는 파업을 불사한다며 압박을 가했다.

상식적으로 평균 연봉이 1억 2천만 원이다.

돈을 조금만 더 내면 무제한 데이터를 쓸 수 있다.

그러니 와이파이라는 건 사실 의미도 없고, 그걸 막는다고 해서 그들이 게임을 못 하는 것도 아니다.

그럼에도 불구하고 노조에서 그렇게 싸움을 건 이유는 간단하다.

좋게 표현하면 노사 합의를 어겼다는 거지만, 실상 노조는 파워 게임에서 한 치도 물러나지 못하겠다는 뜻이다.

설사 거기에 국민들의 목숨이 달려 있다고 해도 말이다.

애초에 그 어떤 기업이 직원이 게임하면서 업무를 제대로 안 하는 걸 가만히 두고 보고 있겠는가?

당장 대룡도 그 부분을 확실하게 하기 위해 업무 시간 중에는 핸드폰을 정해진 장소에 보관하도록 한다.

비상 연락의 경우는 핸즈프리로 가능하니까.

핸즈프리를 목에 걸고 있다가 통화 버튼만 누르면 언제든 통화는 가능하니 집안이나 주변에 무슨 일이 생겼을 때 연락을 받지 못할 가능성은 없다.

하지만 그 모든 것이, 그 권력을 잃어버린 사람들에게는 의미 없는 짓이었다.

"젠장!"

'쾅!' 소리가 나게 술집의 탁자를 내려치는 황교식.

그는 자신의 모든 권력이 날아간 게 이해가 가지 않았다.

"우리가 그 공장을 위해 얼마나 노력했는데……."

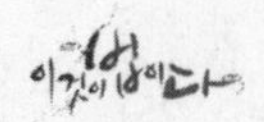

두한이 결국 자동차 업계에서 손 털고 나갔다는 걸, 그들은 인정하고 싶지 않았다.

“이게 다 대룡 때문입니다. 겉으로만 국민들을 위하는 척하면서 결국 모든 걸 다 망가트리는 놈들입니다.”

대룡에 적대적인 그들은 이미 눈이 돌아간 상태였다.

소송을 해서라도 복직하려고 했지만, 변호사들은 쓸데없는 짓이라고 선을 그었다.

법적으로 고용의 책임이 없기 때문이다.

더군다나 그들이 나간 후에 도리어 대룡의 이미지 덕분에 대룡자동차는 천천히 원상 복귀되고 있었다.

정치인들 역시 20% 정도밖에 안 되는 전 노조원들보다는 대부분을 차지하는 새로운 직원들의 취업에 더욱 신경을 쓰기 때문에 그들의 도움 요청을 거절했다.

심지어 하청 회사들조차도 대룡이 들어오자 쌍수를 들어서 환영했다.

두한에서는 단가를 어마어마하게 후려쳤는데, 이제는 그런 단가 후려치기가 사라졌기 때문이다.

결국 그들이 기업을 상대로 압박하면서 뜯어먹던 과거의 행동들은 그대로 문제가 되어서 돌아오고 있었다.

“이대로 우리가 당할 수는 없지 않습니까?”

술집에 모여 있던 사람들은 대부분 두한에서 강성으로 소문난 사람들이었다.

"배신자들이 점점 늘어나고 있습니다."

일반적인 노조원들은 자신들이 어딜 가도 그 연봉은 받지 못한다는 걸 안다.

도리어 그들의 강성 노조 활동 기록 때문에 입사 자체가 거절되는 판이다. 누구도 회사 내부에 폭탄을 두고 싶어 하지 않으니까.

결국 그들은 자존심을 버리고 대룡에 가서 다시 면접을 보고 취업하고 있었다.

그 과정에서 과거의 이득과 자존심을 다 버려야 했지만, 대부분의 노동자들에게 중요한 건 자존심이 아니라 가족이었다.

극히 일부, 즉 이런 자들을 빼고는 말이다.

"우리도 무슨 해결책을 만들어야 합니다. 이대로 당할 수는 없습니다."

취업을 하고 싶지만 그들의 기록은 사방에 퍼졌다.

당연히 취업은 불가능에 가깝다.

하지만 그 근무 기록을 뺄 수는 없다.

두한에서 근무한 시간은 10년이 넘는다.

그런 기록을 이력서에서 뺀다면 거짓말을 한다는 걸 다 알게 될 테니까.

물론 그들은 모아 둔 돈이 있기에 자기 가게를 열거나 할 수도 있을 것이다.

하지만 그렇다고 그들의 복수심이 사라지는 건 아니었다.

"그래, 대룡은 결국 노동자들을 착취하는 부르주아야. 그러니 그들은 언젠가 노동자를 노예화할 거야."

황교식은 그렇게 말하면서 자신의 복수를 합리화하려고 했다.

"노동자의 인권을 위해서라도 그들은 제대로 한번 당해 봐야 해."

그들이 생각하는 노동자는 권력을 가진 일부일 뿐이지만, 그들은 그게 잘못된 거라고 생각하지 않았다.

오로지 복수심에 눈이 멀었을 뿐.

"대룡에 복수를 하자."

그들은 이를 빠드득 갈면서 다짐했다.

⚖

대룡자동차는 조금씩 정상으로 돌아가고 있었다.

물론 수출까지 되는 건 아니다.

기업을 인수하지 않고 그 기업의 공장만 인수한다는 것은, 반대로 말하면 판매 라인 역시 포기하는 것이다.

당연히 전 세계에 있던 판매 라인은 사라졌고, 그걸 다시 개척하는 것은 대룡의 책임이었다.

물론 라인이 남아 있다고 해도 판매는 거의 불가능했을 것이다.

방사능 차량 사태는 생각보다 심각하니까.

그러나 조금씩 내수 시장이 살아나고 있는 것은 사실이었다. 한 가지 문제만 빼면 말이다.

"어떻게 생각하나?"

공장이 내려다보이는 사무실.

그곳은 대룡자동차의 사장실이었다.

그러나 정작 대룡자동차에 취임한 한가성 사장은 뒤에 바짝 얼어서 서 있었고, 유민택과 노형진만이 서서 창밖을 내다보고 있었다.

아직 100% 가동되고 있는 것은 아니지만 그래도 대룡자동차는 조금씩 가동률을 높이고 있었다.

"아마도 유 회장님이 생각하시는 그 문제가 조만간 터질 겁니다."

바로 노조의 권력화.

그건 어딜 가나 문제가 된다.

함께 상생하면 좋겠지만 결국 이권이라는 것, 권력이라는 것은 상생을 거부하는 속성이 있기 때문이다.

"하지만 너무 이르지 않나? 그래도 아직 대부분의 사람들이 고마워하고 있는데."

비정규직 시절에 비해 월급이 크게 차이 나는 건 아니지만 그래도 정규직이 되었다.

어쨌든 월급도 오르기는 했고, 결정적으로 취업 시장에서 안정도 찾았다.

대부분은 아직 고마워할 때다.

“대부분은 말이지요.”

“음?”

“잊지 마십시오. 한국의 자동차 노조들은 모두 하나같이 강성입니다. 그들이 속한 한국강철노동연맹은 전 세계적으로도 강성에 속하고요.”

문제는 그 강성이라는 게 철저하게 권력 추구적이라는 거다.

“더군다나 우리가 몰아낸 놈들이 그냥 물러나지는 않을 겁니다. 돌아올 수 없게 되었지만, 그냥은 안 물러나겠지요.”

그렇다면 방법은 뭘까?

설마 인생을 걸고 회사에 테러를 할까?

그러지는 않을 것이다.

이럴 때 저들이 잘 쓰는 방법이 하나 있다.

“아마도 가장 좋은 방법은 회사 내부에 강성 노조를 만들어 내는 것이겠지요.”

노형진은 턱을 스윽 문지르며 말했다.

“대부분의 사람들은 고마워하지요. 하지만 극히 일부는 그 안에서도 불만을 가집니다. 전 노조는 그 많은 권력을 휘둘렀는데 왜 우리는 그래서는 안 되는 건가? 왜 우리는 권력이 없는가? 그것에 대해 고민하기 시작할 겁니다.”

그 후에는 어떻게 될까?

당연히 그들은 노조를 만들기 시작할 것이다.

그건 나쁜 일이 아니다.

노조가 있어야 노동자가 보호받으니까.

문제는, 그 이후에 그들이 노조를 권력 집단화해 간다는 거다.

"그리고 그걸 도와주는 건 전임자들, 즉 옛날 두한자동차 노조에서 보낸 놈들이겠지요."

위장 취업을 해서 노조를 만드는 것은 노동계의 흔한 전략이었고, 실제로 그 덕분에 사회적 부조리가 많이 해결된 것도 사실이다.

"다만 강성의 문제는 좀 다르지만요."

"다르다라……."

"네. 회장님께서 말씀하신 대로 대부분은 고마워합니다. 하지만 그렇다고 해서 그들이 자기 이권까지 버리며 회사 편을 들어 주지는 않습니다."

강성 노조가 생기고 그들이 회사를 강하게 압박할 때마다 혜택이 늘어날 수밖에 없다.

회사에 대해 고마운 건 고마운 거고, 그들의 이권은 전혀 다른 문제라는 거다.

"현실적으로 자기 이권을 위해 불의에 눈감는 건 인간의 본성 같은 겁니다."

"무서운 소리를 하는군."

"무서운 게 아니고 현실입니다. 더군다나 대룡은 지금까지 친노동정책을 써 왔습니다. 저쪽에서 물어뜯어도 쉽게 저항하지 못할 거라고 생각하겠지요."

"그러면 차라리 우리가 노조를 만드는 건 어떻습니까?"

사장의 말에 노형진은 고개를 흔들었다.

"이미 어용 노조는 소용이 없습니다. 애초에 어용 노조는 그다지 추천할 만한 방법도 아니고요."

복수 노조가 승인되면서 노조가 난립하기 시작했다.

그 안에는 회사에서 자기들의 이권을 위해 만든 어용 노조도 있고, 노동자들이 자신들에게 유리하게 하기 위해 만든 강성 노조도 있다.

"우리가 어용 노조를 만들 수야 있겠지만 나중에 도리어 그게 공격 포인트가 될 수 있습니다. '봐라, 저들은 어용 노조를 만들어서 우리를 지배하려고 했다.' 같은 식으로요."

실제로 그런 방법을 쓰는 기업들은 많다.

"제가 몰라서 안 만드는 게 아닙니다. 그 후의 부작용이 너무 심해서 안 만드는 거지."

어용 노조를 만들면 회사에서 기업을 운영하기는 쉽다.

하지만 조금씩 타락하는 것 또한 당연한 현상이 되어 버린다.

여기서 어용 노조를 만들어서 편하니 다른 공장에도 만들고, 그렇게 어용 노조가 있으니 노동자의 권리를 탄압하기 시작하는 식으로 말이다.

"두한자동차의 노조는 그런 면에서 참으로 이질적인 노조이지요."

겉으로는 강성을 표방하지만 그 내면은 어용 노조에 가깝다.

비정규직을 착취해서 자기네 뱃속을 채우는 데 동의하면서 그들을 도와줘 왔으니 말이다.

"어찌 되었건 그들의 방법은 뻔합니다. 내부에 노조원을 침투시킬 겁니다."

"그걸 막을 수 없을까?"

"막으려고 하면 막을 수는 있겠지요."

그렇게 기업을 돌아다니면서 분란을 일으키는 자들은 대부분 특정 목적이 있기 때문에 전 기업의 근무가 일정 기간 이상 이어지지 않는다는 걸 알 수 있다.

그래서 이력서만 자세히 봐도, 걸러 내려고 하면 못 걸러 낼 것은 아니다.

"하지만 저는 그건 그다지 좋은 방법은 아니라고 생각합니다."

"어째서 말인가?"

"회장님께서 말씀하셨다시피 언젠가 한 번은 겪어야 하는 일이니까요."

설사 그들이 아니라고 해도 강성 노조 문제는 결국 한 번은 닥쳐올 문제다.

"그러니 차라리 이번에 선례를 만들어 두는 게 훨씬 나을 겁니다. 아직 회사가 자리 잡히기 전이니까요."

회사가 자리 잡히면 얼핏 보면 저항하기 쉬울 것 같지만, 딱히 그렇지는 않다.

"현실적으로 그렇게 되면 도리어 압박이 강해지거든요."

다른 어딘가로 가기 힘들어지기 때문이다.

"저들 입장에서는 뿌리가 굳기 전에 공격하면 허둥거리리라 생각하겠지만요. 하지만 그들이 모르는 건, 현실적으로 뿌리가 약하면 이동도 그만큼 쉽다는 거지요."

노형진은 빙긋 웃었다.

"때로는 굳건한 소나무보다는 가느다란 대나무가 태풍에 더 강하게 버티는 법이니까요."

⚖

얼마 후, 회사 내부에서는 노조를 만들기 위한 몇몇 사람들의 움직임이 포착되었다.

예상대로였다.

그걸 주도하는 건 새로 들어온 직원들 중 일부였고, 그들은 여러 직원들을 만나면서 노조를 만들어야 한다고 주장했다.

물론 대룡은 그러한 행동을 철저하게 무시했다. 대응하기 시작하면 어용 노조 이야기가 나올 게 뻔하기 때문이다.

그렇게 두 달이 채 지나지 않아 결국 노조가 만들어졌다.

그리고 얼마 지나지 않아 그들은 본색을 드러냈다.

"뭐? 파업?"

"그렇습니다. 요구 조건을 들어주지 않으면 파업 투표에 들어가겠다고 합니다."

대룡자동차의 한가성 사장은 진땀을 흘리며 말했다.

일반적으로는 자신의 선에서 해결해야 하지만 당분간은 회장인 유민택이 직접 관리하겠다고 한 덕분에 그의 재가를 얻어야 했다.

사장이 내민 서류를 받아 든 유민택은 거기에 적힌 조건을 살피며 혀를 끌끌 찰 수밖에 없었다.

"이건 해도 너무하는군."

그들의 조건은 월급의 200% 인상, 보너스의 300% 인상, 그리고 정규직 전용 식당의 부활, 정규직 전용 주차장의 부활 등등이었다.

쉽게 말해서 전에 두한이 해 주던 대부분의 조건을 그대로 넘겨받아서 해 달라는 것이었다.

"회사 내부의 반응은?"

"일단 회사 내부에서는 딱히 반응은 안 보입니다."

"흠, 노 변호사의 말이 맞군."

딱히 그들과 적대하지는 않으면서 그들이 따 오는 과실을 얻어먹으려고 하는 모습을 보일 거라고 하더니 진짜로 그런 모습이었다.

쉽게 말해서 심적인 동조는 해 줄 거라는 거다.

이권이 달려 있으니까.

"씁쓸하군."

유민택은 왠지 입안이 썼다.

노형진이 의뢰인을 위해 일하기는 하지만 정작 의뢰인을 믿을 수 없다고 말하는 것이 조금은 이해가 가기도 했다.

"그나저나 200%와 300% 인상이라니……."

유민택은 턱을 문지르면서 고민에 빠졌다.

현재 노조에 속한 사람들의 숫자는 대략 50% 정도.

나머지는 아직 눈치를 보고 있다.

"그런 거라면 방법이 없지."

이미 예상한 일이라면 대응하는 건 어렵지 않다.

물론 정규직이라는 특성상 마음대로 자를 수는 없다.

'보통은' 말이다.

"하지만 노형진은 보통이 아니란 말이지."

유민택은 빙긋 웃으며 말했다.

"정식으로 언론에 뉴스를 내고 명퇴 희망자를 받기 시작해."

"알겠습니다."

-오늘 마이스터 투자금융은 대룡자동차에 대한 투자금 반환 소송

및 동산과 부동산에 대한 압류를 걸었습니다. 이번 사태는 대룡자동차의 해외 수출 부진으로 인한 경영 실적의 압박으로 인한 문제로 보이며, 현재 대룡은 마이스터와 협상 중이라면서 말을 아꼈습니다.

대룡은 해외 수출 라인이 없다.

그리고 과거에 비해 확실히 판매량이 떨어졌다.

현재 대룡자동차에서 해외 수출 라인을 늘리기 위해 노력 중이지만 그런 게 하루아침에 짠 하고 생기지는 않는다.

일단 두한이라는 이름이 완벽하게 지워진 게 아니기 때문이다.

'그리고 자본주의는 비정하다.'

대룡은 착한 기업을 표방할지 몰라도 자본주의 기업이며, 투자회사들은 피도 눈물도 없는 곳들이다.

당연히 그 손실에 대해 두 집단이 싸우는 건 당연한 일이다.

그리고 오늘 노형진은 마이스터의 대리인으로서 언론 앞에 섰다.

—저희 마이스터에서는 대룡그룹의 운영에 대해 더 이상 믿음을 가질 수가 없습니다. 인수 이후에 정규직의 비정규직화와 해외로의 공장 이전, 인원 감축 등을 요구했지만 지금까지 대룡에서 그에 대해 어떠한 대답도 듣지 못했습니다. 이런 상황에서 노조가 무리한 요구를 하는 것이 확인되었고 대룡에서 이러한 요구 조건을 받아들

이려 한다고 한 이상, 저희 마이스터는 더 이상 대룡에 투자를 하는 게 의미가 없다고 생각합니다. 이에 투자금을 회수하고, 투자금을 반환하지 못할 경우 해당 장비에 대한 압류를 시행하겠습니다.

이 발언은 마이스터와 대룡이 친하다고만 알고 있던 사람들에게는 말 그대로 어마어마한 충격이었다.

—이거 뭔 일이냐?
—노조가 또 삽질한 거지.
—마이스터에서 투자금 돌려 달라는 거, 그거 가능함?
—가능하겠냐? 대룡이 두한에다가 일시불로 때렸는데!
—뭐임? 그러면 어떻게 되는 겨?
—마이스터에서 대룡 장비 떼다가 해외에다가 팔아먹는 거지.

너무나도 당연한 일.
그러나 그 당연한 일의 당사자들의 기분은 조금도 당연하지 않았다.

—저희 대룡에서는 최선을 다해서 마이스터를 설득 중입니다. 저희는 국민들을 위해 비정규직을 최소화했습니다만, 그로 인해 기업의 유지가 불가능할 경우 결국 정규직을 줄이는 수밖에 없습니다.

자본은 잔인하다.

그리고 상황이 이렇게 되자 욕먹는 건 마이스터였다.

그러나 노형진은 신경도 쓰지 않았다.

애초에 마이스터는 일반 국민들을 대상으로 영업하는 기업이 아니다.

더군다나 자본가들의 세계에서는, 돈만 벌어다 준다면 마이스터가 독재자와 거래한다고 해도 편들어 줄 게 뻔했다.

당연히 한국 국민들이 아무리 마이스터를 성토한다고 해도 눈도 깜짝하지 않았고, 대룡은 정규직화를 위해 마이스터와 싸우는 좋은 기업 이미지가 남았다.

하지만 그 내면에서는 치열한 눈치 싸움이 계속되고 있었다.

"아니, 들어온 지 1년이 됐어, 2년이 됐어? 취업한 지 얼마나 되었다고 명퇴냐고!"

대룡자동차 공장. 그 안에서는 직원들의 불만이 하늘을 찌르기 시작했다.

"자, 자! 진정하시고. 희망자가 한 분도 없는 관계로 직원분들에 대해 전면적인 면담을 시행하겠습니다."

대룡에서 온 직원은 안타깝다는 표정으로 그들을 바라보며 말했다.

"이건 너무하지 않소!"

"맞소! 우리가 몇 달이나 일했다고 명퇴야!"

"두한 때도 그러더니 이건 너무하잖아!"

두한도 한때 이 문제로 욕먹은 적이 있다.

상황이 안 좋아지자 입사한 지 1년도 안 된 신입 사원들을 명퇴 대상으로 찍어서 방송에서 때린 적이 있었기 때문이다.

"지금은 그때와는 좀 달라요."

대룡의 직원은 안타깝다는 듯 말했다.

"그때는 두한에서 자기 이권을 지키기 위해 한 거고, 이번에는 진짜로 마이스터의 조건을 안 들어주면 압류가 들어갈 겁니다. 저희는 못 버텨요. 마이스터는 벌써 인도에 공장 자리를 알아보고 있어요."

"인도?"

"네. 거기 인건비가 얼마나 싼지 아시죠? 마이스터가 그동안 인도에 교육 투자한 것도 아실 테고."

"……."

"우리 장비를 가지고 인도에 가서 차를 생산하게 되면 중국하고는 비교도 못 하게 위험할 겁니다."

"미친……."

핼쑥해지는 사람들.

농담이 아니라 진짜 그렇게 될 가능성이 크다.

인도가 세계적으로 인정받지 못하는 이유는 기술력의 부족에 있다. 그런데 여기서 장비를 가지고 가서 교육시키면 그건 바로 해결된다.

"정부에서도 어떻게든 해결하라고 난리예요."

아무리 정부가 차량 제조 판매를 허가제로 운영한다고 해도 자본에 대해 터치할 수는 없다.

즉, 법원에서 넘겨주라고 하면 넘겨줘야 하는 거다.

"아니, 마이스터의 조건이 뭔데요?"

"직원의 40% 감원입니다."

"뭐?"

"장난해, 지금?"

"그나마 남은 직원도 대부분 비정규직으로 돌리는 조건이에요. 저희도 방법이 없습니다."

"아니, 그게 말이나 되느냐고!"

"그러니까요. 하지만 어쩔 수가 없지요."

긴 한숨을 쉬며 남자는 사무실 안으로 들어갔다.

"1팀부터 한 분씩 들어오세요. 명퇴에 관련된 상담을 시작해야 하니까요."

"만일 명퇴 협상이 안되면?"

"안되면……."

그 뒷말은 하지 않는 직원이었지만 그게 뭘 의미하는지 모르는 직원은 단 한 명도 없었다.

⚖

명퇴라는 것은 명예퇴직의 약자다.

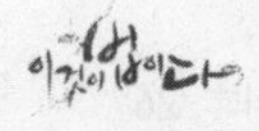

일반적으로 퇴직을 하면 퇴직금이 나가고, 명예퇴직은 거기에 조금의 보상금을 더 얹어 주는 것이 관례이다.

하지만 문제는, 여기에서 일한 사람들은 대부분 그 기간이 너무 짧다는 것이다.

길어 봐야 6개월, 짧으면 3개월.

퇴직금이 쌓일 수 있는 기간도 아니고, 당연히 그 보상금 역시 눈곱만큼 작아질 수밖에 없다.

거기에다 6개월이면 현실적으로 고용 보험에서 요구하는 기간도 채우지 않은 것이라 고용 보험도 타 먹을 수가 없다.

"이게 말이나 되느냐고!"

고기가 익어 가는 삼겹살집. 그곳에 모인 직원들은 분통을 터트렸다.

드디어 여기저기로 옮겨 다니지 않아도 된다고 생각했다.

정규직이 되던 날 가족들을 붙잡고 펑펑 울었다.

고생 끝났다고, 이제는 마음 놓고 출근해도 된다고, 매년 새로운 직장을 찾지 않아도 된다고.

그런데 채 6개월도 가지 않은 짧은 기간.

"하지만 사실은 사실이잖아. 차량이 수출도 안 되고, 해외 공장은 멀쩡하게 잘 돌아가는데 여기서는 뭘 어떻게 할 수도 없고. 내수 시장도 그렇고."

아무리 대룡에서 기업을 인수했다고 하지만 갑자기 폭발적으로 사람들이 대룡의 차를 사는 건 아니다.

믿음이야 되찾을 수 있을지언정, 현실적으로 한번 사면 못해도 3년 이상 타는 자동차의 특성을 생각하면 당장 대룡의 차를 사는 사람은 많을 수가 없다.

"일단 마이스터에서도 비정규직을 우선 고용하라고 하니까."

"아니, 형님! 형님은 그 개새끼들 편들어 주는 겁니까?"

"편들어 주는 게 아니라 현실을 보는 거다. 자본에 눈깔이 어디 달렸냐? 마이스터 몰라? 수틀리면 정치인이고 나발이고 모가지 쳐 버리는 데 아냐?"

"씨팔."

틀린 말은 아니었다.

그래서 한국의 여론도 마이스터를 욕할 뿐 대룡을 욕하지는 않았다.

어쩔 수 없는 상황이라고 생각했으니까.

"그런데 형님들."

다들 고기 한 점에 소주 한 잔으로 갑갑한 마음을 털어 낼 때, 조용히 술을 마시고 있던 막내가 입을 열었다.

"왜?"

"그 소문, 사실입니까?"

"뭐?"

"아니, 요즘 인터넷에 이상한 소문이 돌아요."

"무슨 소문인데?"

"대룡자동차 노동조합에서요, 이번 정리 해고에서 자기들

노조원은 빼 달라고 요구했대요."

"뭐? 무슨 말도 안 되는 소리야?"

"아니, 말도 안 되는 소리가 아니라, 인터넷에 소문이 파다하다니까요. 만일 노조원을 해고하면 총파업에 들어간다고."

"아니, 그게 뭔 소리야? 그거 어디서 들었어?"

"인터넷에 파다하다니까요?"

막내는 인터넷을 열어서 그들에게 보여 줬다.

그 글을 본 사람들은 다들 표정이 굳었다.

실제로 그런 말이 쓰여 있었으니까.

"이런 개새끼들."

여기에 있는 사람들은 노조에 속한 사람들이 아니다.

노조가 생기기는 했다.

하지만 전임 노조가 어떻게 회사를 망쳤는지 봤기에 가입을 꺼리고 있었다.

그런데 그들이 이렇게 자신들의 등에 칼을 꽂을 줄이야.

"모두 전화 돌려!"

"네?"

"이대로 당할 거야? 회사에서 한 말 기억 안 나? 40%는 자르라고 했다고! 그런데 이미 노조원이 50%야! 그러면 어떻게 되겠어?"

"아……."

노조에 속하지 않은 사람들을 우선 해고 대상자로 보고 처리할 수밖에 없다.

"이렇게 당할 수는 없어. 다 모아."

그들은 다급하게 자신들이 아는 사람들에게 연락을 주고받기 시작했다.

인터넷의 글은 노형진이 올린 것이었다.

그러나 아주 없는 말을 올린 것은 아니었다.

"노조라는 게 그런 거거든요."

노조의 목적은 노동자의 보호다.

그런데 그 노동자는 노조에 속한 사람들만을 뜻한다. 저들의 입장에서는 말이다.

"당연히 노조원의 해직을 막으려는 건 노조의 본성 같은 겁니다."

노조가 힘을 발휘하기 위해서 가장 중요한 게 바로 숫자, 즉 비율이다.

그런데 정리 해고에 들어가면 회사는 당연히 노조 소속을 먼저 잘라 버리고 싶어 한다.

"그러니 노조는 노조원을 자르지 말라는 압력을 행사할 수밖에 없지요."

그건 당연한 수순인 거고, 노형진은 그걸 외부에 드러냈을 뿐이다.

"이미 대룡과 마이스터의 소송은 외부에 드러난 상황입니다. 그러니 회사 입장에서는 얼마든지 인원을 줄일 수가 있어요."

법에서 정한 조건, 즉 경영상의 위기 상황에 속하기 때문이다.

"자네가 인도에 공장을 옮긴다는 것처럼 말이지?"

"맞습니다. 한국 정부에서 대룡에 다급하게 허가를 내준 건 공장이 해외로 나가는 걸 막기 위해서지요."

거기에다 한술 더 떠서, 노형진은 대놓고 인도에 실사 팀을 보냈다.

물론 실사 팀은 진짜로 이전 계획이 있다고 생각하고 있다. 그러니 충분히 실사해서 자료를 가지고 올 것이다.

"아직 뿌리가 굳기 전이니까요."

만일 뿌리가 굳은 후라면 이동하는 게 쉽지는 않을 것이다.

하지만 아직 안착되지 않은 상황에서 이동하는 건 어렵지 않다.

"그리고 그 말은, 한국에 있는 노동자들은 모두 실업자가 된다는 거죠. 노조만 빼고 말이지요."

노형진은 빙긋 웃었다.

"이런 경우에 다른 노동자들이 선택할 수 있는 건 두 가지

뿐입니다. 하나는 노조에 가입하는 것. 다른 하나는 우리 쪽에 붙는 것.”

그리고 노형진은 확신하고 있었다.

노조는 이들을 배신하리라는 걸.

⚖

“뭔 개소리야! 이제는 가입을 안 받는다니?”

“노조위원회의 결정입니다. 아직 혼란한 상황이라 당분간은 노조원을 추가로 받지 않는다고…….”

“그게 말이나 된다고 생각해? 노조는 노동자를 보호하기 위해 존재하는 것 아니었어?”

새로 가입하려고 하던 사람들은 거부에 화가 나서 눈이 돌아갔다.

설마 자신들이 거부당할 거라고는 생각하지 못했기 때문이다.

하지만 노조 입장에서는 어쩔 수가 없었다.

현실적으로 압류 같은 건 노조에서 어떻게 할 수 있는 문제가 아닌 데다, 그걸 막기 위해서는 직원의 40%를 잘라야 한다.

그 말은, 노조원을 현재보다 더 늘리면 보호받지 못하는 사람들이 생긴다는 것이다.

당장 노조원의 비율은 총노동자의 50%. 즉, 여유는 10%뿐이라는 거다.

"이게 무슨 노조야!"

"우리는 최선을 다해서……."

"최선? 무슨 최선! 간신히 자리를 잡았더니 결국 너희 때문에 문제가 이 지경이 된 거 아냐!"

"아니, 우리 때문이라니요! 우리가 무슨 잘못을 했다고!"

"사실 그렇잖아! 너희들이 무리한 요구를 하니까 그쪽에서 모조리 비정규직화를 요구한 거 아니야!"

"그건……."

그게 사실이기는 하다.

마이스터에서는 원인을 대놓고 노조의 극렬 기업 파괴 활동이라고 말했고, 그 때문에 가능한 모든 직원의 비정규직화를 요구한 것이다.

"그런데 이제 와서 너희들만 살겠다 이거야?"

"……."

한정된 공간, 한정된 일자리.

인간은 그 안에서 살기 위해 뭉친다.

그리고 그걸 나눠 쓸 수 없다고 생각할 때 파벌이 생기기 마련이다.

"우리도 이참에 노조 만들죠."

"뭐?"

"씨발, 어차피 복수 노조 허용 아닙니까? 저 새끼들이 노조를 만들어서 우리를 팔아먹겠다는데 우리가 왜 저 새끼들한테 그대로 순순히 당해요? 어차피 우리도 절반 아닙니까?"

"그러네?"

"우리도 노조를 만들고 회사 쪽이랑 협상해서 우리 쪽 사람들만 남기자고요."

"그러자."

"저 새끼들이 뭐라고 하든 우리끼리 뭉치자."

"파업? 하라고 해, 이 씨발 새끼들아!"

그렇게 그들이 뭉쳐 가자 기존 노조원들은 당황하기 시작했다.

⚖

"파업이라는 건 참 애매합니다."

노형진은 빙긋 웃으며 말했다.

드디어 새로운 노조가 생겼다.

어용 노조는 아니지만, 결국 그들은 살기 위해 기업 편을 들게 될 것이다.

"그리고 파업하기 위해서는 노동자들의 협조가 있어야 하거든요."

노조라고 해서 무조건 파업할 수 있는 것은 아니다.

기본적으로 노조에서 파업에 관련된 투표를 해서 일정 비율 이상의 동의를 받아야 파업에 들어갈 수 있다.

그냥 노조 지도부가 '오늘부터 파업입니다.'라고 해 버린다고 해서 그 파업이 현행법상 합법적 파업이 되는 건 아니다.

"투표를 통해 50% 이상의 지지를 얻어야 합니다. 그래야 합법적 파업이 되지요. 그런데 말이지요, 비슷하다고 하지만 결국 미묘하게 친기업 노조 쪽이 숫자가 더 많거든요."

노형진은 빙긋 웃었다.

"그리고 파업에 들어간다고 해도, 그걸 거부하는 사람에게 불이익을 주거나 폭행하거나 겁박할 수는 없습니다."

즉, '나는 파업에 반대하니 정상 근무를 하겠다.'라고 하는 사람은 아무리 노조라고 해도 막을 수가 없다는 소리다.

"더군다나 그들은 속한 노조가 다르니까요."

그들의 가장 강력한 무기는 다름 아닌 파업이다.

"과연 자칭 강성 노조가 어떻게 될지는 두고 보시면 압니다, 후후후."

강성 노조는 결국 파업으로 대룡자동차를 밀어붙이려고 했다.

그리고 찬성 55%를 얻어서 파업에 돌입했다.

"씨발…… 이게 무슨 의미가 있어?"

절반은 다른 노조에 속해 있고 그들은 친기업이라 이쪽 투표에 참석도 하지 않았다.

더군다나 자기들 안에서도 간신히 과반수의 인원이 찬성표를 던졌다.

대룡 전체를 봐서는 25% 정도만 파업에 찬성한 것이다.

"대룡에 아무런 피해도 못 주고 있잖아!"

파업이 효과를 발휘하는 건 그 기간 동안 공장이 멈추기 때문이다.

그러나 애초에 공장에서 생산하는 차량의 양이 많지 않은 상황에서 파업에 참석하지 않은 친기업 노조 인원 50%만으로도 물량을 축소해서 생산할 수 있었기에 결국 파업으로 그들이 원하는 것처럼 대룡에 큰 피해를 줄 수는 없었다.

"전처럼 막으면 안 됩니까?"

"그게 되겠냐?"

두한 때는 가능했을지 몰라도 지금은 안 된다.

그랬다가는 진짜 인생 망치는 거다.

"미치겠네, 진짜."

노조원들은 불안해하고 있었다.

대룡은 법원을 통해 그들에게 업무 복귀 명령을 내렸다.

파업 자체가 불법이라는 거다.

실제로 노동자의 약 25%만 동의한 파업이라는 건 결국 불

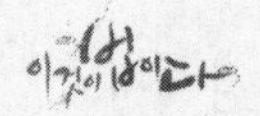

법 파업이 맞다는 뜻이다.

"이건 진짜 생각도 못 했는데……."

단순한 회유도 아니고, 법원을 통한 업무 복귀 명령은 예상하지 못한 방법이었다.

그건 생각보다 심각한 문제다.

그럴 수밖에 없는 게, 복귀하지 않으면 그 순간부터 인사고과에 무단이탈로 등록되기 때문이다.

그리고 장시간의 무단이탈은 법적으로 해직의 사유가 된다. 그래서 노형진이 법원 명령을 통해 따로 복귀를 명령한 것이다.

그냥 회사 명령이라고 하면 법원의 판단에 따라 파업 중이라는 게 인정되면 아무런 효과도 없지만, 일단 불법 파업인 걸 확실하게 못 박고 복귀 명령을 내리면 그들이 아무리 나중에 소송해도 법원에서 그걸 뒤집을 가능성이 없기 때문이다.

"노조에서도 슬슬 이탈자가 나오고 있습니다."

"뭐? 그게 무슨 소리야?"

"집으로 전화해서 법원을 통한 업무 복귀 명령을 전달하고 있답니다."

"이런 개 같은 새끼들!"

남자들끼리 있을 때야 가오가 어쩌고 하면서 버티겠다고 할 수 있을지도 모른다.

하지만 아내와 자식 앞에서는 한없이 약해지는 게 아버지라는 존재다.

복귀하지 않으면 해직될 수 있다는 경고를 받고, 그 상황에서 버틸 수 있는 남자는 당연히 그다지 많지 않았다.

"노조원들의 이탈이 심합니다."

"그러면 어쩌자는 거야?"

그들은 어쩔 줄 몰라 하면서 이를 빠드득 갈았다.

"이제는 상황을 풀어 봐야지요."

사실상 내부의 싸움은 신노조의 승리로 끝나 가고 있었다.

물론 노형진은 이 싸움을 애매하게 끝낼 생각이 없었다.

"마이스터와의 협상 자리에 노조 대표를 참석시키세요."

"뭐?"

유민택은 깜짝 놀랐다.

그건 진짜 생각도 못 했기 때문이다.

애초에 이건 경영의 영역이고 노조가 끼어들 수 있는 문제가 아니다.

"그들이 끼어들어 봤자 좋은 일은 없을 텐데?"

"제가 말씀드리는 건 양쪽 다 참가하게 하는 겁니다."

"음? 그건 또 뭔 소리야? 아니, 신노조만이 아니라 구노조도 참가시키라고?"

"그렇습니다. 그래야 무게중심이 달라질 테니까요."

"이해가 안 가는군?"

"간단한 겁니다. 현 상황에서 대룡은 피해자 포지션을 계속 취해야 합니다."

그리고 그럼에도 불구하고 노동자를 위해 노력하고 있다는 걸 보여 줘야 한다.

그게 바로 협상 자리에서 노조의 자리를 만들어 주는 것이다.

노조를 자신들과 동등한 대상으로 인정한다는 일종의 제스처다.

"거기에 신노조만 끼게 하면, 까딱 잘못하면 어용 노조라는 누명이 생기죠. 하지만 양쪽 다 참석하게 하면 이야기는 뻔해집니다."

누구도 편애하지 않고 공평하게 대한다는 뜻이 된다.

그리고 그 상황에서 선택권은 대룡이 아니라 마이스터에 있게 된다.

"협상에서 마이스터는 어떤 선택을 하겠습니까?"

구노조는 무리한 요구를 하면서 자신의 권리만을 내세울 테고, 그 과정에서 마이스터나 대룡이 입는 피해는 신경도 쓰지 않을 가능성이 크다.

실제로 지금까지 그래 왔으니까.

그에 반해 신노조는 상황이 좀 다르다.

그들은 진짜 노조 활동을 하기 위해 모였다기보다는 자신의 일자리를 지키기 위해 모였다.

무언가 요구할 수는 있겠지만, 기업 자체가 날아갈 정도의 타격을 줄 만한 요구는 결코 하지 않을 것이다.

"당연히 신노조겠군."

"맞습니다."

그리고 노조의 합의는 노동자들의 합의다.

"게임 끝나는 거지요."

노형진은 빙긋 웃었다.

⚖

사건은 그 이후에 어렵지 않게 진행되었다.

실제로 신노조에서는 적당한 조건을 제시했다.

비정규직화를 막는 대신 근무자들의 근무시간을 줄여 총 노동임금을 줄이는 쪽으로 말이다.

애초에 파견직이나 계약직으로 일할 때는 그보다도 적은 임금을 받던 그들이기에 그것만으로도 충분히 버텨 낼 수 있다는 게 내부의 판단이었고, 총근무시간을 줄이는 것으로 자연스럽게 주 48시간 근무가 정착되는 효과도 발휘하게 되었다.

그에 반해 구노조는 여전히 무리한 조건을 내밀었다.

물론 눈치가 보였는지 자기들만 빼 달라고는 말 못 했지만

여전히 연봉 8천 이상을 요구했고, 지속적으로 경영 참여와 더불어 노조 임원들에 대한 추가적 수당을 요구했다.

쉽게 말해서 일은 하기 싫고 돈은 받고 싶다는 것이다.

당연하게도 애초에 그건 성립될 수가 없는 조건이었기에 결국 마이스터가 선택한 건 신노조였다.

“이렇게 자연스럽게 구노조는 힘이 빠지는 거죠.”

신노조가 제대로 활동해서 협상을 이뤄 내자 사람들은 차츰 노조를 옮기기 시작했다.

구노조는 힘이 빠지고 그 숫자도 줄어서 제대로 활동도 못할 지경이 되었다.

“마음 같아서는 모조리 날려 버리고 싶은데 말이지.”

“그건 안 됩니다. 복수 노조의 의미가 사라지니까요.”

복수 노조는 노조가 어용화되거나 너무 강성화되어서 기업 자체에 피해를 주는 걸 막기 위해 만들어진 제도이다.

“설사 저들을 없앤다고 해도 다른 누군가가 다시 만들면 그만입니다. 결국 이 기업이라는 세계도 하나의 사회인 거죠.”

노형진은 어깨를 으쓱하며 말했다.

“모든 조직에는 다양성이 있어야 합니다. 물론 병신 같은 놈들도 있겠지만, 그 병신 같은 놈들의 말 중 한두 가지 정도는 맞을 수도 있는 법이거든요.”

“나는 기업가의 입장이네만?”

“기업가의 입장이기에 더욱 주의하셔야 합니다. 노동자와 기업은 상생을 하는 거지, 서로 약탈하는 사이가 아닙니다."

"어렵군, 어려워."

유민택은 고개를 흔들었다.

그가 회장이기는 하지만 여전히 이런 문제는 복잡하기만 했다. 중간이라는 게 없으니까.

"결국 계속 이야기하고 협상하고 해결하는 수밖에 없습니다. 그게 세상입니다."

"하지만 정작 세상은 그렇게 굴러가지 않는데?"

"그래서 우리가 더더욱 노력해야 하는 겁니다."

노형진은 씁쓸하게 미소를 지을 뿐이었다.

제3의눈

"모든 국민은 스스로 자신을 지킬 수 있는 권리를 가집니다. 세상은 부패로부터 자유로워야 하며 모든 국민들은 그들을 신고할 권리를 가집니다. 그동안 국민들은 모두 제대로 된 지원을 받지 못했습니다. 내부 고발자들은 배척받았고 진실을 이야기하는 자들은 탄압받았으며 가진 자들을 고발하면 처벌받았습니다. 하지만 이제 그 시간은 끝났습니다. 제3의눈은 여러분들에게 자유와 정의를 선물해 드릴 것입니다."

노형진은 오랜 시간 공을 들여서 이에 대한 체계를 만들어 왔다.

군의 경우는 제대자들이 모여서 고발할 수 있게 만들었고, 민간 기업들은 직원들이 범죄의 증거를 판매할 수 있게 만들었으며, 공익이라고 불리는 사회 복무 요원들은 그 내부에서 벌어지는 범죄를 고발할 수 있게 만들었다.

그리고 오늘, 드디어 그 모든 단체들을 하나로 묶어서 내부 고발 전문 단체를 발족하기로 했다.

제3의눈이라 불리는 조직.

그 조직은 대한민국의 모든 정치인들과 경제인들에게 공포의 조직으로 다가왔다.

"왠지…… 그거 생각나는데요?"

"뭐 말입니까?"

개막 연설을 하고 내려온 노형진을, 무태식이 반갑게 맞으며 이야기했다.

"그, 무협 소설에서 보면 개방 있지 않습니까? 개방이랑 하오문! 그들이랑 비슷한 느낌이네요."

"의외군요. 무태식 변호사님이 그런 것도 보셨어요?"

"아니, 학창 시절에 무협지 한번 안 본 남자애가 몇이나 있겠습니까?"

노형진은 피식 웃었다.

확실히 그렇다. 심지어 노형진도 회귀 전에는 그 고생을 하는 와중에 때때로 그걸 보며 스트레스를 풀기도 했으니까.

"솔직히 말하면 거기에서 아이디어를 얻은 건 사실입니다."

"아아, 어쩐지."

개방과 하오문은 무협지에 나오는 대표적인 정보 단체다.

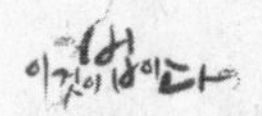

개방은 거지로 이루어져 있으며 그 때문에 전 무림에 퍼져서 온갖 소문을 다 들을 수 있고, 하오문은 하층민으로 이루어진 집단이라 술집이나 주막 등에서 오가는 많은 소문을 들을 수 있다.

"모든 부정부패는 흔적을 남기기 마련이지요."

군사 비리를 저지르면 아래에서는 질이 좋지 않은 장비나 식자재를 쓰게 되고, 회사에서 비리를 저지르면 서류가 남게 된다.

아무리 노력하고 감추려고 해도 그 비어 버린 구멍을, 그 일을 하는 전문가는 알게 된다.

가령 모 기업에서 공사를 하는데 단가표를 보고 누군가가 이상하다는 생각을 한 적이 있다.

그는 건설업에서 오래 일했는데, 암사와 수사라는 단어는 그 바닥에서 들어 본 적도 없는 말이었기 때문이다.

당연히 그는 그걸로 납품 업자에게 따졌고, 납품 업자는 나중에야 그게 암나사와 수나사라고 이야기해 줬다.

암나사와 수나사는 시중에 가도 천 원이면 한 움큼을 살 수 있는데, 그 납품 가격은 세트당 가격이 3만 원으로 적혀 있었다.

그만큼 누군가 빼돌린 것이다.

당연히 그는 그걸 언론에 제보했지만 나중에 보복당했다.

알고 보니 그건 정치자금을 만드는 수법 중 하나였던 것.

"하지만 이제는 그게 불가능하지요."

과거에는 내부 고발을 하거나 양심선언을 하려고 하는 사람은 혼자서 언론을 상대하고 기업과 국가를 상대로 싸워야 했다.

하지만 이제는 아니다.

제3의눈이 그들과 함께한다.

새론의 변호사가 그들을 지켜 주며, 그들의 모든 제보는 비밀리에 처리된다.

몇몇 기업들이 비상시에 핸드폰을 뒤지거나 하는 점을 감안해서 비상 폰이나 녹음기 등을 임대해 준다.

즉, 과거처럼 뭐가 터지만 적당히 도와주는 게 아니라 누군가 제보하거나 그 사실을 판매하고자 마음먹으면 처음부터 끝까지 보호하며 그들이 그 정보를 꺼내 올 수 있도록 하는 게 바로 제3의눈이었다.

당연히 들어오는 정보의 질이나 양도 압도적이고, 기존의 사회단체들이 못하던 보호까지 완벽하게 해낼 수 있었다.

"하지만 주변에서는 그다지 좋아하지는 않네."

"아, 송 의원님."

"축하한다고 해야 하나?"

송정한은 노형진에게 다가오면서 약간 어색하게 인사했다.

"자네가 사회문제에 대해서는 관심이 많다고 생각은 했지만 결국 만들어 냈군."

"이제 제대로 통합해서 관리해야 할 필요가 있으니까요."

당장 공익 근무 요원들이 내부의 범죄를 가지고 오기 시작하자 그들을 데려가서 노예 취급하던 관공서와 각 사회단체들은 있는 애들도 쫓아내기 위해 발악을 해 댔다.

"요 몇 달간 공익 요원들 때문에 처벌받은 사람이 몇 명이었지?"

"실형이 나온 게 스물두 명이고, 벌금이 이백서른여덟 명이며, 기소유예가 천이백스물네 명입니다."

"허, 진짜."

단 몇 달간의 효과가 이 정도다.

특히 고아원이나 양로원 같은 곳들은 음식이 조금만 나쁘게 나와도 바로 사진이 찍혀서 보고가 올라가기 때문에 차라리 나가라고 하고 있지만, 그런 경우는 도리어 노형진이 노리는 악순환이었다.

공익 요원을 쫓아내려 한다는 것 자체가 켕기는 게 있다는 걸 의미하니 그걸 조사하는 건 어려운 일이 아니니까.

"제3의눈은 이제 전국적으로 모든 사람들을 감시할 겁니다."

노형진이 제3의눈을 만든 이유가 바로 그거다.

누군가가 감시한다는 걸 알면 그 부담감 때문에라도 범죄를 저지르지 못하는 게 바로 인간이다.

"고발할 놈들은 이미 넘쳐 나니까요."

"어쭙잖은 캠페인보다는 훨씬 낫겠네요."

무태식도 인정한다는 듯 고개를 끄덕거렸다.

캠페인을 해 봐야 알아듣는 건 잘해 봐야 천 명 중 한 명이지만, 당장 불이익이 오면 백 명 중 여든 명은 조심하기 마련이니까.

“그래, 그렇지.”

하지만 송정한의 표정은 그다지 밝지 않았다.

노형진은 그런 그의 표정을 보면서 대충 상황이 이해가 갔다.

“제3의눈에 대해 무슨 소리가 있군요?”

“무슨 소리가 있는 정도가 아니야. 정치권에서 대놓고 불만이 터져 나오고 있네.”

“대놓고?”

“그래. 감시가 가장 무서운 사람이 누구겠나?”

“흠…… 그렇군요. 정치인이지요.”

“맞아, 정치인이지. 솔직히 정치하면서 정치자금을 안 받는 사람은 없네. 아니, 정치인뿐만이 아니야.”

“무슨 말씀이신지?”

“툭 까고 말하지. 제3의눈은 대한민국 모든 집단의 적이라는 거야.”

그동안은 각각의 상대에게 대응해 왔다.

국방부를 담당하는 자들은 국방부만을, 동사무소나 사회단체를 담당하는 쪽은 또 그쪽만을 담당하면서 그 안에서 나오는 범죄들을 고발하고 처리해 왔다.

"그런데 말이야, 이제는 그게 아니란 말일세. 아마 자네도 알겠지, 제3의눈처럼 정적을 제거하기 좋은 방법도 없다는 걸."

"알고 있습니다."

제3의눈에서 비리 하나만 공개하면 그는 나락으로 떨어진다. 언론을 통제하거나 경찰이나 검찰 단계에서 막는 게 한계가 있게 되는 것이다.

"무슨 뜻인지 알겠습니다. 제3의눈은 브레이크가 없다는 소리군요."

"그래, 브레이크가 없지."

기존에는 범죄 사실이 드러나도 경찰이나 검찰 그리고 법원에 뇌물을 주고 그걸 커버하거나 묻어 버릴 수 있었다.

권력자들이라면 전화 한 통으로 사건은 그냥 종결 처리가 된다.

"하지만 제3의눈은 그게 아니지."

과거의 사회집단과 다르게 제3의눈의 무서운 점은 확장성이다.

사건을 단순히 터트리고 적당히 끝내는 게 아니다.

전문가들이 증거를 분석해서 확실하다는 판단이 내려져야 고발을 시작한다.

"반대로 말하면, 검찰과 경찰에서 그걸 적당히 덮는 게 힘들어진다는 거지."

왜냐? 이미 법률 전문가들이 다 분석한 걸 놓고 아니라고

우기는 건 말이 안 되니까.

"그런 상황이 벌어지면 어떻게 되겠나?"

"흠…… 그러네요. 이쪽에서 그 사건을 담당하는 사람들의 뒤를 캐기 시작하겠네요."

뇌물이나 청탁을 받은 건 아닌지를 캐기 시작할 것이다.

정보길드를 통해 그의 범죄에 대해 현상금을 걸 수도 있고 말이다.

결과적으로 이쪽에서 확신한 사건이 무마된다면 그와 관련된 사람들의 범죄 역시 엮이게 된다는 말이다.

"기존에는 그런 단체가 없었네."

일단 고발하고, 검찰에서 그냥 덮어 버려도 어쩔 도리가 없었던 게 기존의 사회단체였다.

하지만 제3의눈은 아니다.

"그리고 자네 성격상 그런 일이 자꾸 벌어지면……."

"그냥은 못 넘어가겠지요."

그때는 노형진이 자신의 능력과 재력을 이용해서 그 대상에 대한 보복을 할 가능성이 높다.

"쉽게 말해서 전처럼 대충 덮을 수가 없는 상황이라는 거야."

"그래서 제3의눈을 적대하는 사람들이 많은 모양이군요."

"다라고 봐야지."

한국에 있는 대부분의 기업과 사회단체 그리고 정치단체

등등. 그 안에서 서로 권력투쟁을 벌이고 서로가 서로의 정보를 캐내서 몰락시키려고 한다.

그 전에는 그게 쉽지 않았다. 권력을 가지고 있으면 덮을 수 있으니까.

하지만 상황이 달라졌다.

"내 예상이네만, 조만간 한번 공격이 들어올 거야. 그것도 아주 강하게 말이지."

"강하게라……."

노형진은 의자에 앉아서 곰곰이 생각에 빠졌다.

'하긴, 공격을 당하지 않으면 그게 더 이상한 거지.'

당장 노형진이 복지 단체들을 믿지 못해서 만든 재단은 한국의 온갖 복지 재단들에 하루가 멀다 하고 고소당하고 있다.

특히 몇몇 종교성이 강한 집단들은 거의 철천지원수처럼 대하고 있다.

그럴 수밖에 없는 게, 그들은 그렇게 모금을 받아서 포교 활동에 써 왔는데 노형진이 그걸 직통으로 지적하고 금지하도록 사람들을 설득해 왔기 때문이다.

실제로 원래 역사에서는 그 부분에 대해 법적인 제한이 없었다.

그래서 그러한 집단은 모금한 돈으로 특정 종교 시설을 짓거나 월급을 주는 등의 행동을 너무나 당연하게 했다.

그러나 노형진과 일한 송정한이 그와 관련된 법을 만들어서 제출했고, 그 법에 따라 20% 이상은 절대로 특정 종교 시설에 사용하지 못하게 됨으로써 그걸 이용한 포교는 불가능해진 것 때문에 다들 노형진에게 불만이 많았다.

"웃기고 있네요. 애초에 자기들이 불법을 저지르지 않았으면 되는 일 아닙니까?"

아무리 제3의눈이라고 해도 불법을 저지르지도 않은 사람에게까지 손댈 방법은 당연히 없다.

그리고 노형진도 아주 빡빡한 사람은 아니다.

만일 그들이 불법을 저질렀다 해도 그 이유가 합당하면 어느 정도의 기회는 준다.

룸살롱에 가기 위해 회사의 자금을 횡령한 자와 자식의 병원비를 위해 횡령한 자는, 똑같은 횡령죄이긴 하지만 후자는 어느 정도 선처가 가능하니까.

즉 노형진, 아니 제3의눈이 고발하는 자들은 전적으로 자신의 욕심만을 위해 범죄를 저지르는 자들이라는 뜻이다.

"세상이 그렇게 만만한 곳이 아니지 않나."

"그거야 그런데……."

노형진은 머리를 살짝 긁었다.

그렇게 속 편하게 살 수 있다면 얼마나 좋겠는가?

하지만 세상은 그렇게 만만한 곳이 아니었다.

"그런데 그런 이야기를 저한테 하시는 걸 보니 뭔가 아시는군요. 저를 설득하기 위해 오신 건 아닌 것 같고."

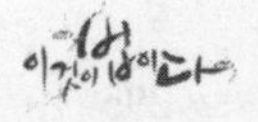

"설득한다고 자네가 설득이 될 사람인가?"

"그건 그렇지요."

"잠깐 조용한 곳으로 가지. 무태식 변호사, 자네도 같이 가세. 새론이 제3의눈과 일하기로 한 이상 일단은 자네도 알아야 할 테니."

"네?"

무태식은 심각한 표정이 되었다.

그 말은 그게 법률적인 문제와 연관되어 있다는 소리이기 때문이다.

"저 안쪽으로 가시지요. 제보자를 위한 상담실이 있습니다."

노형진은 두 사람을 데리고 사무실 안쪽으로 향했다.

그곳은 다른 곳과 다르게 창문도 없는 형태의 공간이었다.

벽도 방음벽에, 가구라고는 접이식의 의자와 테이블뿐이었다.

"좀 살벌하네요."

"소파 같은 게 편하기는 하지만 거기에는 도청 장치 같은 게 붙어 있을 가능성이 있으니까요."

"아아."

벽은 완전히 방음이 되는 벽이기에 누군가 도청 장치를 매달면 티가 날 수밖에 없다.

심지어 벽걸이 하나 없는 방이라 뭔가 다른 게 있으면 바로 티가 난다.

테이블 역시 접이식이라 쓸 때만 펼쳐서 쓰면 되고, 펼치며 그 아래를 확인할 수 있다.

고정식이라면 쓸 때마다 몸을 숙이고 기어 다니며 아래쪽을 확인해야 하니까.

그건 의자도 마찬가지이고 말이다.

"등도 어이가 없을 정도군."

화려한 등이 아니라 갓도 없이 그냥 등만 달랑 하나 있는 공간이다.

누가 본다면 과거 남산의 대공분실이라고 해도 믿을 만큼 살벌한 공간이었다.

"그만큼 다른 물건이 들어오면 티가 바로 나니까요. 그래서 안전합니다. 외부에서 들을 수도 없구요."

"그렇다면 여기서 말하면 괜찮겠군."

"도대체 무슨 일이 있는 겁니까?"

"자네 둘, 지금 최후까지 남아 있는 적폐가 뭐라고 생각하나?"

"최후의 적폐요?"

"그래. 한국은 오랜 부패에 신음해 왔지. 그리고 여러 가지 이유로 개혁되고 있어. 하지만 노형진 변호사 자네도 건드리지 못한 적폐가 하나 있네."

노형진은 어렵지 않게 그 존재를 떠올릴 수 있었다.

자신이 무슨 일을 해 왔는지 알고 그 안에서 빠져나간 게 뭔지 당연히 아니까.

언젠가는 그들도 손을 봐야 하는데 그게 쉽지 않은 게 사실이다.

"판사군요."

"눈치가 빠르군."

"판사요?"

"그래. 판사는 절대적 권력을 휘두르지. 그들은 이 세계에서 신이야. 인간의 목숨을 쥐고 흔들고, 인생을 파멸시킬 수 있지."

그렇게 말하면서 송정한은 접이식 의자를 하나 꺼내어 펼쳐서 앉았다.

"지금까지 판사들이 제대로 청소된 적이 단 한 번이라도 있었나?"

"없지요."

노형진은 단호하게 말했다.

검사의 경우는 노형진에게 워낙 많이 당했고, 경찰의 경우는 애초에 변호사가 초동부터 제대로 활동하면 부정부패를 저지르기 쉽지가 않다.

언론 같은 경우는 노형진이 여러 가지 방법으로 썩어 빠진 기자들을 날려 버렸고, 코리아 타임라인 같은 곳에서 부패한 동료 기자에 관한 뉴스를 계속 쓰면서 소위 기레기라고 불리는 인간 말종들을 계속 퇴출시켜 왔다.

특히 노형진이 지난번에 우라까이 기사에 대한 고소 고발을 통해 우라까이를 막아 버리자, 제대로 취재도 하지 않고 우라까이로 연명하던 기자 같지도 않던 '복제쟁이'들은 모조리 모가지가 날아가 버렸다.

"확실히 그러네요. 유독 판사는 제대로 손본 적이 없군요."

개별적으로 손댄 적은 몇 번 있지만 판사라는 세력에 대해 손댄 적은 없다.

"변호사의 한계니까요."

무태식은 진지하게 말했다.

현실적으로 변호사는 법률을 해석하고 이용해서 싸우는 사람들이다.

그런데 그 해석과 이용에 대해 판단을 내려 주는 게 바로 판사들이다.

"우리 같은 변호사들이 아무리 완벽하게 싸움 준비를 한다고 해도 결국 그걸 인정할지 말지 결정하는 건 판사지."

가령 변호사가 의뢰인의 무죄에 관련된 수백 개의 증거를 확보했다고 치자.

그러나 한국의 법률에 따르면, 판사가 그 증거를 인정하지 않으면 무죄는 성립되지 않는다.

"실제로도 그런 일이 있었지요."

모 병원에서 의료사고가 났는데, 누가 봐도 의료사고였고 동료 의사들도 의료사고였다고 증언했으며 심지어 한국의학 협회에서도 이건 명백한 의료사고라며 그 책임은 의사와 병원에 있다고 했다.

그러나 판사는 그 건이 의료사고임을 부정했다.

이유는 간단하다.

그 당시 치료 당사자가 아니면 그 상황에 대해 제대로 판단할 수 없다는 황당한 논리에서였다.

그 판단에 있어 실수가 있었는가를 논하는 것이 의료사고에 대한 재판인데 '너희는 그 상황을 안 겪었으니까 몰라서 그러는 거다.'라는 해석으로 모든 의사들의 의견을 무시하고 의료사고로 인정하지 않았다.

그는 자신이 의학에 대해 지식이 전혀 없다는 걸 인정하지 않고 자신이 도리어 의사보다 더 의학 지식이 높다고 주장한 셈이다.

"판사들은 모든 것에 대한 결정권을 가지고 있네. 그 때문에 우리 변호사들에게는 천적이지."

"흠……."

실제로 노형진이 그러한 부분 때문에 지금까지 판사들을 건드리지 못하고 있었던 것도 사실이다.

물론 판사들도 어느 정도 선은 지키는 부분은 있다.

일부 정치 판사들이 선을 넘기는 하지만 그건 개별적으로 처리해 왔다.

"하지만 이제는 아니야."

"우리 쪽 소송에 대해 무조건 비틀겠다 이거군요."

"그래."

만일 이쪽에서 제보하고 재판에 들어간다고 해도 판사가 무죄라고 해 버리면 처벌은 불가능하다.

도리어 저쪽에서 무고나 명예훼손 같은 걸로 걸고넘어졌을 때 판사들이 단체로 그걸로 손해배상을 때리기 시작하면 아무리 노형진이라고 해도 기존의 자세를 유지할 수는 없다.

돈이 나가는 게 문제가 아니라 이길 수가 없는 싸움이기 때문이다.

"최소한의 선은 지킬 줄 알았는데요?"

"그 최소한의 선을 너무 높게 봤네."

송정한은 씁쓸한 표정으로 말했다.

자신도 이 소식을 듣고는 믿을 수가 없었다.

하지만 현실이었고, 어쩔 수가 없는 상황이었다.

"그 소식을 어떻게 듣게 되신 겁니까?"

"나도 나름 판사 출신 아닌가? 내 후배 판사들이 다 나쁜 놈만 있는 건 아니고."

"하긴……."

일반적으로 재판은 랜덤하게 판사에게 배정된다.

물론 공식적으로는 그렇고, 비공식적으로 특정 사건을 특정 성향의 판사들에게 주는 건 여전히 존재한다.

"아무리 그렇다고 해도 모든 사건을 특정 판사에게 넘겨줄 수는 없을 테니까."

제3의눈에서 하는 사건이 얼마나 될는지 알 수도 없는 데다 새론 같은 경우는 종종 집단소송 사건을 하는데 그게 특정 판사들에게 다 돌아간다면 그냥 과로로 죽으라는 소리다.

"그러면 해결책은 하나뿐이군요."

판사들에게 명령해서 판결을 뒤집는 것.

그리고 상위 판사들의 명령에 하위 판사들은 저항할 수가 없다.

"정치인들이 모여서 고위급 판사들이랑 이미 말을 맞춘 모양이야. 그리고 그 명령은 평판사들에게 이미 떨어졌고."

"사법 독립 같은 소리 하고 자빠졌네."

노형진은 긴 한숨을 내쉬었다.

사실 판사의 판결은 외부의 어떠한 압력에도 굴하지 않게 되어 있다.

검사는 검사동일체의원칙 때문에 윗선의 명령에 복종할 수밖에 없다고 변명이라도 가능하지만, 판사는 아니다.

판사는 대통령이 와도 자기와 신념과 의지에 따라 판결할 수 있다.

"다만 그 신념과 의지가 동네 뽑기보다 싸구려니 문제지요."

노형진은 긴 한숨으로 송정한의 걱정에 답했다.

"뭐, 결국 전관 때문이지요."

만일 신념에 따라 재판하게 되면 그는 절대 판사 기간을 연장하지 못하고 나가야 한다.

그리고 나간 후에 전관예우, 아니 전관 사기의 도움을 받지 못하게 된다.

도리어 그가 담당하는 모든 사건에서 증거나 진실의 여부와 상관없이 패소 판결을 받게 될 것이다.

그걸 판단하는 건 남아 있는 판사들이니까.

즉, 나가고 나면 직접적으로 영향을 받을 수밖에 없는 처지이기 때문에 판사들은 절대 저항하지 못하는 것이다.

"이대로는 곤란하겠군요."

"어쩔 생각인가?"

"어쩌긴요."

노형진은 어깨를 으쓱했다.

"뒤집어야지요. 제가 가장 잘하는 게 그거 아닙니까?"

한 번은 부딪쳐야 한다고 생각했던 판사들의 세계.

그리고 그날이 닥쳐왔다.

다음 권으로 이어집니다

기어코 무대로

공원동 현대 판타지 장편소설

"관심을 받으면 집중이 잘돼요."
사상 최강의 관종(?) 싱어송라이터가 나타났다!

데뷔 직전 사고로 인해 모든 것을 포기한 도원경
삼 년 뒤, 그에게 기적이 일어났다?

사람들의 시선을 받으면 능력이 발현!

너튜브 영상이 대박 나고
서바이벌 오디션 출연 제의까지?

도원경 사전에 더 이상 포기는 없다!
좌절을 딛고, 『기어코 무대로』!